浙江少年文学新星丛书·第六辑

海飞 主编

畅所欲言

朱修言 著

吉林文史出版社
JILIN WENSHI CHUBANSHE

图书在版编目（ＣＩＰ）数据

畅所欲言 / 朱修言著. -- 长春 ：吉林文史出版社，
2020.4（2023.1重印）

ISBN 978-7-5472-6802-5

Ⅰ . ①畅… Ⅱ . ①朱… Ⅲ . ①随笔－作品集－中国－
当代 Ⅳ . ①I267.1

中国版本图书馆 CIP 数据核字（2020）第 048596 号

畅所欲言
CHANGSUOYUYAN

著　　者：朱修言
责任编辑：钟　杉　王　新
封面设计：四川悟阅文化传播有限公司
出版发行：吉林文史出版社有限责任公司
地　　址：长春市净月区福祉大路 5788 号　　邮编：130118
电　　话：0431-81629363（总编室）　　0431-81629372（发行科）
网　　址：www.jlws.com.cn
印　　刷：三河市嵩川印刷有限公司
经　　销：全国新华书店
开　　本：210mm×145mm　1/32
印　　张：7
字　　数：124 千字
版　　次：2020 年 4 月第 1 版　2023 年 1 月第 2 次印刷
定　　价：42.80 元
书　　号：ISBN 978-7-5472-6802-5

朱修言

　　2002年生于浙江嘉兴，现就读于嘉兴市第
一中学理科竞赛班，曾担任嘉兴一中实验学校
"红雨"文学社社长、嘉兴市第一中学"五彩
螺"文学社社长、嘉兴一中学生会秘书长、社
联秘书长、班级团支部书记，被评为嘉兴一中
"十佳学生"、嘉兴市优秀学生干部、嘉兴市
优秀学雷锋志愿者。作品获"语文报杯"全国
中学生作文现场决赛一等奖、"叶圣陶杯"全
国中学生新作文大赛一等奖，在各类报纸杂志
公开发表作品20余篇。文理兼修，爱好广泛。
修身以立言，其人如其名。

2007年艺术照（5岁）

2009年做手工（7岁）

2012年水墨画创作中（10岁）

2013年参加水果拼盘比赛（11岁）

2013年市春联现场书写大赛（11岁）

2014年参加国际交流活动（12岁）

2014年获"萌芽杯"一等奖（12岁）

2015年做面包（13岁）

2016年参加FIRST®中国公开赛，获FLL工程挑战赛一等奖（右六，14岁）

2017年摄影采风（15岁）

2017年朗诵《飞天》获浙江省经典诵读大赛二等奖（15岁）

2018年在图书馆查阅资料（16岁）

2018年参加机器人社团活动（16岁）

2018年参加"五彩螺"文学社活动（16岁）

书法作品

洛神賦并序黃初三年余朝京師還濟
洛川古人有言斯水之神名曰宓妃感
宋玉對楚王神女之事遂作斯賦其詞
曰余從京域言歸東藩背伊闕越轘轅
經通谷陵景山日既西傾車殆馬煩尔
乃稅駕乎蘅皋秣駟乎芝田容與乎楊
林流眄乎洛川於是精移神駭忽焉思
散俯則未察

乙未年初秋朱修言書於南湖

2015年书法作品（13岁）

2008年绘画作品《猫》（6岁）

2015年绘画作品《牡丹》（13岁）

2015年绘画作品《荷》（13岁）

2015年绘画作品《水仙》（13岁）

我一直有个未了的心愿，要给自己的作文集写一个序。

戊戌年腊月三十，按照爷爷奶奶的算法，我虚岁已到了十八。时间是很快的，我觉得不管是流水还是朝露都形容不了它的神奇。原谅我的一时词穷，找不出华丽的辞藻来表达我对时间的敬意。

《畅所欲言》也有18岁了。它最初的作者其实是我妈妈。我是很幸运的，拥有一个做语文老师的母亲。她也爱写作，所以在我还在她肚子里时，我想她已经写了一些东西了。小时候她会和我进行"口语日记"的活动：我说，她写。后来有了电脑，我说，她打字。再后来我自己能写了，就有了满是拼音的、笨拙的字迹组成的"作品"。再后来，我写字的本领渐渐高明了，除了字不怎么好看倒是真的。信息课上学会了打字，我手小，好不容易练就了今天的打字速度。在语文老师的引导下，也渐渐养成了用电脑收集文章的习惯。到了现在是用电脑写文章了，因为这样更快些，可以捕捉脑海里闪过的点点滴滴灵感。

"畅所欲言"四个字是有来历的。"畅畅"是我的小名，家里人叫的，家乡话喊起来比"朱修言"三个字响亮得多。身份证上的大名里又有"言"这个字，这样加起来四个字里二分之一都是我的名字，用来做文集的名字最合适不过。"畅"所欲"言"，"尽情地说出想说的话，没有约束地把心里话吐露出来"。我想，这就是想要写作的意义。

当我重新阅读这些文字的时候，我在阅读我自己。

畅所欲言，亦非易事

篇幅越来越长、视野越来越开阔、语言越来越成熟……幸运的，一直的，我在畅言我所欲言的。我第一次发表文章，是在《南湖晚报》的小记者栏目，那是我生日前两天。那篇文章叫《桂花》，200多字，20块钱的稿费，足以让我兴奋得发狂。后来初中和高中时就给《嘉兴日报》的"青草地"投稿，也刊登过几篇千字左右的文章。从小到大也参加过不少的作文比赛，零零落落地拿过几个小奖。本身就是抱着自己写着高兴的态度，也就不必把结果太放在心上。当我把文字分享给他人时，它们就更有价值了。

机缘之下，初中当上了红雨文学社的社长。后来，高中又担任了五彩螺文学社的社长。我始终相信，这是一种情怀。社长不是拿奖最多的那个人，也不是文采最好的那个人，但是他一定热爱自己在做的事。有关校园文学的一切，总是带着那么诗意和纯洁的美好。遇见了很棒的老师和伙伴们，讲座、采风、社刊、朗诵会、招新、义卖、研讨会……文学社不是一群只会写文章的书呆子，文学是用来让一个一个灵魂碰撞的加速器。所以我的文学世界，由此丰富起来。从新人蜕变为学长，身份转换了，但不变的是一脉传承的赤子之心。"即使身处螺壳之中，仍自以为无限宇宙之王。"

然而"畅所欲言，并非易事"。先是要有观察和感悟，才能写；有了想写的东西以后，还要敢写。技巧是必须要有的，这样才能把想说的完整地表达出来，让别人明白的文字才是有意义的。从这几个方面来说，真可谓"并非易事"。选科的时候凭着一腔孤勇选了物化，一路颠颠簸簸、跌跌撞撞，在他人不可思议的眼光中，成了一名理科生。有时候会很开心，有时候也会很难过。既然选择了这样矛盾的远方，风雨兼程也好，踽踽独行也罢，我相信我走的方向是正确的。虽然天生可能缺了点理科思维，但是那些定理确实让人着迷。或许是受身边人的影响，倒也觉得这一路走得很开心。如果有一天我必定为此付出代价，那我也无怨无悔了。畅所欲言，更要敢想敢做才行哪。修身立言，想要写出好的文字，先要成为一个很优秀的人。

"上可陪玉皇大帝，下可陪卑田院乞儿，眼前见天下无一个不好人。"最近很迷苏子，总觉得这样的人生非常理想：有事做，得意之时金榜题名建功立业，失意之时苦中作乐心胸开阔；有人爱，云游四方结交良师益友；有所期待，陪过玉皇大帝，也陪过卑田院乞儿，出身书香门第，留名千秋万载。他的人生不是完美的，却是圆满的。他凭借一身浩然正气，凭借他的才华，真正做到了"畅所欲言"。

新年伊始，写下这虚岁18岁的总结。《春晚》马上就要开始了，和爸妈吃完年夜饭的火锅，QQ和微信群里大家抢着入不敷出的红包，许久不联系的朋友也可以道一声节日的祝福。春节到底是一个辞旧迎新的别样的日子。我已经迫不及待地想要明天回到我的小镇石门，见见我的亲人们。阅读自己的过去，想想自己的未来，是为了更好地活在当下。当新年的钟声敲响时，又有新的旅途值得期待了。新的一年，希望好好学数理化，好好写文章，好好珍惜那些爱我的人，好好爱我爱的人。

愿

笔耕不辍，万事胜意。

朱修言

戊戌除夕夜

家 长 寄 语

　　畅畅，我们亲爱的宝贝，你是上天赐予我们的最好的礼物。从小，你就是一个健康可爱的孩子，不挑食，不哭闹，活泼开朗。上了小学，你热爱生活、学习努力、兴趣广泛，并能做到始终如一地坚持，在书法、绘画、古筝、机器人等方面收获了丰硕的成果：连续八年获得嘉兴市春联现场书写大赛一等奖；连续五年获"萌芽杯"现场绘画大赛一等奖；绘画作品获浙江省中小学生艺术节美术大赛一等奖；参加FIRST®中国公开赛，获FLL工程挑战赛一等奖。到了中学，学习压力增大了，但你毫不畏惧，乐此不疲，主动参加了文学社、学生会等社团组织，写作、朗诵以及物理、数学等学科竞赛屡屡获奖，各方面的能力也得到了历练和提升。即使面对并不擅长的长跑，经过坚持不懈的锻炼，在体育中考时也轻松拿到了满分，更可贵的是养成了坚持锻炼身体的好习惯。爸爸妈妈为你感到骄傲！

　　在成长的道路上，你非常幸运地遇到了一位又一位爱你如子又有教育情怀和深厚底蕴的好老师，在他们的谆谆教诲和悉心指导下，你得以茁壮成长。我们要心怀感恩，感谢陪伴并帮助你成长的老师们！

你爱写作的习惯，萌芽于牙牙学语时期，当时的你经常会冒出一两句童言稚语让我们大笑不已。于是，我们就有了把你"童眼里的世界"记录下来的念头，你说我们写，一天一记，识字后慢慢地你开始自己动笔，于是就有了体现你不同年龄特点和思想历程的"畅所欲言"系列作品集。

今日，你的习作选集出版，是一个小结，更是一个起点。希望畅畅继续用文字表达你的所见、所闻、所思、所想，用文学浸润你的思想，用笔书写你的美好人生！

爱你的爸爸妈妈

2019年6月

老师、同学寄语

　　修言是幸运的，在写作的道路上受到作为语文老师的妈妈的启蒙。但是，我感受最深的是修言的勤奋，为了精益求精，一篇文章改上两三稿是常事，有时我深夜发去建议，第二天一早就收到她的改稿。写作是艰苦的事，有如此韧劲，故能不断超越！

嘉兴一中语文老师　奚素文

　　修言作为理科竞赛班的学生，主动竞选了嘉兴一中五彩螺文学社的社长一职，并在担任社长期间组织了"螺周练""笔墨稠"等社团活动，带领团队精心编写了《五彩螺》文学社刊，引发了校内文学欣赏和创作的热潮，丰富了嘉兴一中的校园文化。此外，朱修言同学更是以自身的行动来践行了学校"定力精进"的理念，在繁忙的学习之余，笔耕不辍，发表、获奖的文章无数。热爱与坚持汇成了鲜活的文字，照亮了少年前行的道路！

嘉兴一中五彩螺文学社指导老师　朱瑜冬

修言其人，静若水中莲，立如山上松。

修言其文，近有喃喃私情，远达渺渺宇宙。

生活像是组合式的家具，不同的故事，不同的人，不同的自己，不同的心。不过同样是十多载光阴，她却是踱着步，耐心，大胆，有时是温柔，有时是凛冽，在写着。

从初中到高中，我也看了不少她的作品，浸润着细腻，或是澎湃着高远，是不一样的。但又是一样的，纯纯粹粹地热爱文学，一笔一画写干干净净文字，一直是一样的。

愿她所有热忱，终有所属。

嘉兴一中五彩螺文学社副社长　邱书言

内容简介

　　本书收录了朱修言初中和高中阶段的部分习作，书名沿袭母亲在她小时候做"口述日记"的标题"畅所欲言"。家里人唤其小名"畅畅"，这个书名的寓意既是"畅"所欲"言"的人、事、情，也是希望能够"畅"快地书写，敢写、会写。内容包括了"此心安处""朝游四海""书生风华""书卷相亲""慎思笃行""因寄所托"六个板块。写故乡、写远方；写校园，写兴趣；写读书，写时事……以内容为序，是中学生活的立体再现；以时间为序，是文字和内心渐渐成长的见证。

目录
CONTENTS

此心安处

却道，此心安处是故乡。

敬故乡，望远方

一杯敬朝阳，一杯敬月光；

一杯敬故乡，一杯敬远方；

一杯敬明天，一杯敬过往。

——毛不易《消愁》

　　从小到大我的各类履历资料籍贯那一栏一直写着"浙江桐乡"。祖籍桐乡石门，尽管我没有出生在这个小镇，但是我的爸爸出生在这里，我的爷爷出生在这里，还有我的曾祖父，还有爷爷的爷爷……我的妈妈与她的祖祖辈辈也出生在这里，所以我每每看到"石门"两个字，一种亲切感油然而生。吾心安处，便是故乡。

关于故乡

历史书上说，春秋吴越相争，"置石门为吴越限"，故名石门；京杭运河在这里轻轻地转了一个弯，故名石门湾。地处运河畔，交通十分便利。在明、清时期，石门湾工商业兴盛，尤其是桑蚕贸易、榨油业，带来了不尽的物产和财富。光绪年间，这里曾走出了一位丰子恺。他是中国第一位漫画家，师从弘一法师李叔同。其故居缘缘堂就坐落在石门湾的小巷里。他笔下石门的景，石门的人，石门的故事，留下了一个多世纪的佳话。

爸爸说，他记忆里的石门是一排青瓦白墙的民居，是一条波光粼粼的大运河。

妈妈说，她记忆里的石门是一个油光发亮的麻球，是一碗热气腾腾的馄饨。

我说，我记忆里石门的样子模模糊糊的，却也有那么几个格外清晰的片段。

关于月光

"中庭地白树栖鸦，冷露无声湿桂花。"

我最近一次去桂花村，是前两年中秋家里人的聚餐。

已经过了桂花开放的时节，深秋的露水很重，青苔很滑。天上的圆月明晃晃的，我扶着奶奶在老运河边、老桂花树下走。

桂花村顾名思义，是一个种满了桂花树的村庄。记得第一次来到这里，踏着落满桂花的小径，向更深处寻觅。眼前突然一亮：啊！好大的桂花树！两千年的老桂花树静静地端坐在村庄的中央，时过境迁，依旧芬芳。我们停在树下的八仙桌边休息，沏一杯绿茶，所有的思绪都随着秋露微微润湿的空气，混着桂花的清香自由自在地飘散。姑姑给我塞了一块凉凉的东西：啊！是桂花糕。糯米的清香和桂花的甜香在舌尖飘舞，久久不散。

一年一年的，桂花村越来越有名了，成了景区，就要开始收门票了。每年父母都会约上朋友去看桂花。门票价格年年在涨。我在游人如织中被推挤着来到两棵桂花树下。前两天刚下过雨，桂花被打落了大半，泥地上湿漉漉的。树下的八仙桌上被摆上了"20元/壶"的标签，挤满了人，我匆匆逃离。桂花糕的作坊里，人们忙忙碌碌。因为一年中桂花开的时间只有那么几周，要抓紧赚钱的机会。桂花糕现在花花绿绿、款式多样：黄色的南瓜味儿，黑色的黑米味，像青团子一样的艾草味……秋天哪来的艾草？这青色的桂花糕大多是青菜汁做的。我勉强咬了一口，却再也没有原来的味道。桂花糕也是年年在涨价。我想离开了，可出村的小径却被堵上了——为了防止游客逃票。只有另一条路可以出村了，熙熙攘攘地挤满了叫卖桂花糕的摊子。

今年我不再去桂花村了。中秋回家，被前往桂花村的车辆堵塞在路上，开了好久。天色已晚了，故乡的风景似一幅暗色调的油画，只剩下一地凄冷的月光。

关于朝阳

我的曾祖父，印象里是一位很瘦小的老人。他一生辛劳，到晚年，留下的是一身病痛和沧桑。他手背上清晰的血管，涌动着生命的脉搏；他脸庞上的条条皱纹，雕刻着岁月的痕迹；他双眸中的瞳孔，闪烁着最后的光彩。他老了。

我的老樟树，印象里是一位很高大的巨人。一世沧桑，笑看时境变迁，不喜不悲。它顶着茂密的树冠，等候每年春风拂过；它戴着油绿的树叶，等候每年秋雨的浸润。它也老了。

你知道吗？香樟树是有香味的，香樟树是会开花的。在朝阳下，香樟树的花，小小的，乳白色的，散发着一股沁凉的清香，如同夏夜的露水，流过心田，甘甜怡人。也是因为这香气，香樟从来不会生虫子，四季常青。

香樟花开的季节，拆迁的消息早已在小镇传了一村又一村。终于，它无情地打破了这里的宁静。家家户户争先恐后地拆房、买砖、盖楼。田野荒了，许多人种下了许多树，许多香樟树。据说，有树的地比种庄稼的地得到的"补偿"多得多。曾祖父按灭了手中的香烟，叹了一口气——他决定卖掉老樟树了。与其在挖掘机的轰鸣声中看它倒下，不如早早地为它觅个好去处。

曾祖父显得非常坦然，父亲让曾祖母和曾祖父到树下合影。曾祖父倚着樟树，久久地凝望着，一时出了神。他的手紧紧地抓着拐杖，他的眼眶在多年后再次红了——我看到了。

买家争先恐后地赶来，多么俊美的樟树！曾祖父与一买家谈妥了价钱，约定过段时间来挖树，那人留了电话后扬长而去。随后过了几天，又来了一个买家，一眼相中了老樟树，固执地要买下。他开出了高出两倍的价钱。曾祖父轻轻地摇了摇头，拄着拐杖起身进了屋。那买家着急了："到底为什么啊——""已经谈好了，我答应人家的。""可是您没收定金，也没签合同。您现在答应我，我马上给钱，马上挖走！"曾祖父丝毫不为所动，摆摆手，示意对方离开。那人只好悻悻而去。

"我答应人家的。"老樟树依然在屋后的山坡上，香樟花开，依然芬芳，从朝阳站立到夕阳。

关于过往

　　很小的时候，有一次过年，西边弄堂里一位远房的曾祖父辞世。他走的时候，手里正捧着一碗热乎的年糕粥。当时在周围大人们的忙忙碌碌中，年幼的我只是觉得惊恐，觉得老人的离世似乎和年糕有什么说不清的关系。

　　后来，我似乎找到了答案。另一位老人一直饱受胃癌折磨，在生命的最后，或许是因病长期未食辛辣、油腻，他告诉家人想吃小羊肉。小羊肉在石门，逢年过节、红白大事必不可少。刚出生的羊羔，放大锅里炖熟，淋上酱油、放上香料，诱人的香气会飘满田间屋舍。羊肉入口即化，酥软到骨头里。虽然未免有些残忍，但是比大羊肉的滋味要好上许多，没有膻味。在过去穷苦的日子里，小羊肉就是富贵、幸福的象征。用小羊肉来待客，是非常体面的。

　　我想，或许老人劳累了一生，一盘小羊肉就包含了他一生为自己、为他人创造的所有幸福，他可以从中找到自己生命的存在。所以那一口的酥软香浓，又何尝不是一种慰藉？

　　我的曾祖父，一生辛劳留下的病痛即将熄灭他生命的长烛。在那个初夏的季节，万物才刚刚复苏，蝉鸣还不忍聒噪，阳光还不忍灼热。他的子女们、邻里们似乎早已预料到了些什么，纷纷前来探望。这时候的他早已瘦得皮包骨头，叫人心疼。

那一天，一切趋于平静。他突然要求奶奶为他炒一份咸菜蚕豆。蚕豆和咸菜似乎没有什么特别的。蚕豆在地里刚刚成熟，咸菜是自家腌制的，一家有一家的味道。奶奶的咸菜是用榨菜叶做的，略微带辣。一般清明的时候，把刚割下来的新鲜榨菜叶放在大瓦缸里腌上，压上青石板，就可以吃上一整年。做法也极其简单，清水、清油、清炒，奶奶的动作总是干净利落。在过去艰苦的岁月里，陪伴家乡人过得有滋有味。它是上不了台面的，却是最令曾祖父怀念的。

曾祖父并没有吃多少，说累了，想休息，就安静地走了。曾祖父冰凉的躯体放在冰凉的床板上，那一碗咸菜蚕豆放在床头的小板凳上。至于后来去了何处，就无人知晓了。在那个夏天，素来不喜欢吃蚕豆的我吃了很多，也不知是因为什么。

我又想起了那位远房的曾祖父，想起了年糕的故事。年糕，是用蒸熟的糯米放在石臼里一槌一槌地捶打而成的，又香又糯，白白嫩嫩。就在老人家门前的弄堂里，全村人都会在过年的时候一起做年糕，你出米我出力，做出来的糕大家一块儿分。婶婶们会用筷子点上红，用细棉线小心地切好。若是嘴馋的小孩子，和蔼的叔伯们还会给一块来解馋。我也终于理解，他怀念的或许正是这份浓浓的乡土人情。它蔓延于整个生命。

或许是凝聚着邻里情的年糕，或许是象征幸福的小羊肉，抑或是贫苦生活里的一碗有滋有味的蚕豆咸菜，都是老人们会用生命去记得的东西，难以割舍。

来自一份舌尖上的乡土记忆，是他们在面对生死时对故乡的最后一份眷恋。

我将永不忘怀。

关于明天

"你要学得六亲不认吗？"我妈调侃我。我从卷子里猛地抬起头，惊醒，被塞进车里，回石门。

路，开了不知道多少遍，一个小时说长不长、说短不短。我恋恋不舍地把卷子装进书包里。2017年的第一天，天气很好，远方的天际线上落日矮矮地挂着，鱼鳞般的云朵以落日为圆心肆意渲染开来。正如《家园落日》里的那句"那才是我的太阳啊！"我想家了。

车子挤过窄窄的乡村公路，停在另一户人家的水门汀上。抬眼一惊：路口的好几户人家已经拆迁了。"他们今天应该不会回来的。"姑夫轻松地说，"这批有七八户拆了，都是这边的人家。"老房子四周有些空荡荡的。我到家了。

狠了狠心，把书包甩在车里：今天不该有卷子。我们抱着大包小包的干果，提着营养品和补品，由小径往家里来。门口两条黑狗卖尽了力气大喊大叫，那样歇斯底里，那样底气十足。"这只鸡估计是老鸡，怎么也烧不酥啊。"爷爷奶奶守着灶头，笑眯眯地迎接我们。我们也笑着应："熟了就好了。"我们迫不及待地入座，帮忙收拾碗筷。人到齐了，鸡端上了桌，开饭了。这鸡骨头很硬，黄澄澄的全是油，想必是只老母鸡。分配任务，你一只鸡腿我一块鸡翅，必须完成。一阵风卷残云之后，我倒在了姑姑肩上："吃得我都累了。"爷爷笑眯眯地拿起筷子，在汤里拨弄着。我赶紧抱起碗筷逃离了桌子。"我饱了。""吃饱了啊？""吃饱了。"爷爷又起身要给我倒茶，我受宠若惊："我自己来。""当你是大人家了。"姑姑笑着附和了一句。

我握着热茶杯站在门口，靠在矮门上，呵一口气，白雾在夜色里，上升，弥漫，消失。门外的两条黑狗正在打闹，眼巴巴地望着屋内，时而闯进来窥探一番。乡下的狗总是更活泼些，城里小区楼下的狗总是恹恹的，有人来了，就夹起尾巴悄悄走开。"它们看到这个鸡好得来。"姑姑给了它们一碗鸡骨，它们就兴高采烈地跑开了。

回到屋里坐下，听大人们拉家常。"我们两个人今年都可以拿养老保险了。"爷爷奶奶说。经过姑姑解释，我才明白：养老保险是按照田亩分到每个村的，每家分名额。望着白发苍苍的爷爷奶奶，这时我对它的理解远远超过了统计概率的数学题。"那要多保重身体，多拿一年就是赚钞票了。"大家开始打趣。又说起村上最近谁家的老人又不行了，这个是淋巴癌、那个是肺癌……爷爷起身要给爸爸和姑父添酒，姑姑阻止他："喝不掉宁愿扔掉，不要伤身体。""还是身体顶重要。"

饭后点心是姑姑做的茶糕。"好吃伐？"姑姑拿下蒸笼。我连忙点头。姑姑和姑父两个月前开始做这种嵌肉的糯米点心。他们白天都有工作，往往抽的是晚上和周末的时间。爷爷奶奶强烈反对："太吃累了。"姑姑总是笑着应道："不吃累，还做得动哩。"姑姑家的茶糕，选的都是好肉好米，加上新鲜的冬笋，自己手工做，卖得相对贵些。尽管如此，味道好还是受人喜欢，甚至有人跑上门来买。说到这里，爷爷和爸爸谈起乌镇那些黑心的商家：十五块钱的龟苓膏成本才五毛；六块臭豆腐五块钱，至于成本，给游客吃的就不消问了。"都是聪明人啊！"

"这两日做做，开年先停停。"之前姑父在车上说，"小孩高二了，现在不陪陪他，将来就没机会了，茶糕还可以再做嘛。"

天晚了，姑姑喊哥哥关上门。屋外仅剩的几户邻居家的灯也灭了，不知是乡下人睡得早，还是返回了城里。只剩下了屋内的一家人。在乡村的冬夜里，厚实的门闩内外两片天地，屋内我们谈天说地、谈东谈西。乘着酒兴，爷爷竟然也说起了当下流行的话："梦想还是要有的，万一实现了呢？"

明天，又是新的一年了。相守相望，相聚相离。我的身后是爷爷奶奶面临着拆迁的命运的老屋，不知还能伫立多久。抱走满满当当的一箱土鸡蛋和蔬菜，提走两大瓶咸菜，还有姑姑家礼盒装的茶糕。乡村的夜，说黑就黑得彻底。妈妈一时找不到手机的手电筒了，姑姑家的车就停在坡下，在我们身后开了灯缓缓跟着，照亮了路，把我们的影子拉得很长很长……

关于远方

如今，这是石门的样子：

门庭若市的街道空了，青瓦木门的房子旧了，石板铺就的小巷长青苔了。镇上的年轻人都陆陆续续地搬进了钢筋水泥筑就的新房子了，走过一条条街，沿着一个个弄，偶尔能看到一些年逾古稀的老人，在慵懒的阳光下拉着家常。斑驳的老墙，石头砌成的门，空空如也的小巷。也许还能依稀找到一些属于这里的痕迹，但如同记忆里泛黄的老照片，有一种说不出的凄凉与孤独。老电影院、老照相馆、老消防队……它们或是早已人去楼空，或是还孤零零地坚守着。只有老运河还在缓缓地流淌，金色的阳光映着细细的水纹，默默地。

曾经与它齐名的乌镇，如今依托互联网产业发展得很好，走向世界，面向未来。可是我的石门湾，又该何去何从？何处，是远方？

关于记忆，关于亲情，关于这个古镇给予我的、融于血脉的东西。且让我拿起一杯酒，敬我的故乡。关于石门，关于自己，关于曾经的过往，明天的模样。我们都望不见，可我们都还在遥望。

"一杯敬故乡，一杯敬远方；一杯敬明天，一杯敬过往。"我们终将远行，带上故乡和过往，无畏明天和远方。勿忘心安。

听妈妈讲小时候的故事

在一个阳光温暖的午后，沏一杯热茶，坐在故乡的老巷子里，静静地停下来，翻开过去尘封的记忆，听妈妈讲她小时候的那些故事。

那个时候，没有宽敞的教室，没有宽阔的操场。妈妈曾经上学的农村小学很小。没有丰富多彩的课程可以学习，除了上语文，就是上数学。也没有那么多的班级和教室。两个老师、两个复式班、三间平房，就成了一个学校。哦，对了，还有一个露天的厕所，没有真正意义上的操场。

那个时候，村里小学只有四个年级，一、三年级一个班，二、四年级一个班，在同一间教室里由一个老师授课。妈妈一年级读下来，耳濡目染，三年级的课文也会背了。妈妈做作业没有本子，就将家里养蚕时用过的白纸——一种有蚕宝宝粪便的纸晒干，裁成长方形，用缝衣针缝起来当作业本用。铅笔写短了，小手拿不住了，就拿废纸卷成棍儿接在短铅笔后面继续用。上学用的书包，是外婆缝的，缝书包的布，是到裁缝店里讨来的零料。妈妈小时候，若谁家孩子背了一个像解放军背的黄书包，那不知要羡煞多少小伙伴儿。

那个时候，农村里是没有水泥路的，更不要说柏油路了。学生上学放学是没有家长接送的。天刚蒙蒙亮，妈妈已经洗漱完毕，约上小伙伴儿走在上学的路上了。如果遇上下雨天，小路就会十分泥泞，妈妈穿着套鞋，深一脚浅一脚地，十分艰难地行走。若运气不好，还有可能摔个嘴啃泥。妈妈的小伙伴儿，有的家里买不起套鞋，碰到下雨天，会自己做个高跷，踩着高跷去上学。后来条件慢慢地好转了，村子里有了水泥路，妈妈有了自行车，妈妈开始骑车去上学。有一次，妈妈骑自行车一个不当心连人带车掉到了河里。妈妈爬起来，扶着车回到岸上，继续骑车回家。

那个时候，妈妈读书是没有那么多的作业和压力的。放学后，几个小伙伴儿凑在一起一会儿就把作业做完了，然后一起跳皮筋、翻洋片、捉迷藏、斗陀螺。到了暑假，妈妈和小伙伴们就玩得更开心了，逮知了、捉小鱼、割青草，每天都是那么快乐。

那个时候，没有手机也没有电脑。玩具都是自制的。比如自己缝的沙包，做的芦苇哨子。最有趣的是拿毛豆梗挑小棒。没有侧枝的最小，侧枝越多越大，因些得名"毛老虎"。还有"吸纸片"，拿糖纸在门上一按，然后看谁的糖纸飘得最远，谁就赢了。当然，多数时候，妈妈和小伙伴们是在玩谁割的草多的游戏。

那个时候，每逢初夏，那是妈妈最快乐的时光。因为，桑树上的桑椹熟了。妈妈一头钻进桑椹地里吃着酸酸甜甜的果子，这是妈妈童年吃过最好吃的水果。有时，妈妈吃得忘了时间，直到太阳下山才出来，舌头是紫的，双手是紫的，因为妈妈还装了一些桑椹在口袋里，上衣口袋也是紫的。

那个时候啊，虽然物质条件很艰苦，但妈妈的童年是非常快乐的。也许是"少年不知愁滋味"，也许是"回忆总是美好的"。

也许有些时候，我们应该让时光慢下来，静静地回忆一些过去的事情。留下记忆中曾经的美好，也许会让你不时地会心一笑……

外公的花园

外公喜欢养花。他有一个花园。

外公的花园不大，在屋后的天井里。三面靠着矮墙，一面靠着过道。外公的花不多，但品种齐全：茉莉、杜鹃、海棠、洒金珊瑚叶……天井里立着一张石桌，桌上是未开全的幼苗。过道边有一排矮矮的石礅，摆了一排仙人掌，大大小小，有高有低。这就是外公的花园。

夏天，外公在矮墙脚栽了一株葡萄。葡萄蔓爬上矮墙，翻过屋檐，葡萄叶稀疏，在风中摆动。我从来没有见过葡萄藤，刚到外公家就冲到了花园。心急的我够不到门闩，外公笑眯眯地跑过来为我开门。葡萄藤在哪里呢？外公用他宽厚的手掌指向花园的角落。我顺着他的手指望去，惊喜极了，仿佛是看到了几十亿年前的恐龙，嚷嚷着要外公摘葡萄给我吃。外公笑我太心急，嘱我仔细地看看那细小的珠子——还吃不得哩！我就天天盼，天天盼，盼到后来

畅所欲言

CHANG SUO YU YAN

也没吃上葡萄，因为花园里的葡萄还没成熟就掉光了。

冬天，那年的雪下得很大。花园里蓄水的水缸都结了冰，一块又圆又结实的冰。外公用水瓢砸开冰给花浇水。我用我的小水瓢在水缸里来回搅，听冰和水缸壁来回碰撞发出的清脆声响，开心极了！水缸上边的水龙头也冻住了，伸出一条长长的冰凌。我拿着水瓢到处乱浇，湿透了衣裳，拖着鼻涕傻傻地笑。外公把积雪堆起来，在花园里搭了个雪桥。雪桥很结实，雪白雪白的，还有一个漂亮的弧形桥洞。我不敢上去走，怕弄坏了这等漂亮的雪桥，只能一个劲儿地愣在边上傻笑。

我喜欢外公的花园，或许在外公的影响下，正如妈妈一样，我也喜欢上了养花。每次回到外公家总要"偷"两棵花回去，"偷"两袋肥回去。外公总是会满足我的要求，给我精心地装盆分株。他拿了酒坛子，削去坛口，又在坛底挖了两个孔，就成了一个漂亮的花盆，填上沙土，种上了仙人掌。我高高兴兴地把花盆带回了家。可是我养花的技术确实不敢恭维。不少花都渐渐地蔫了，我也渐渐开始疏懒起来，不再像以前那样勤快地浇花了。直到某一天心血来潮，到阳台上转转，发现唯有那盆仙人球还茁壮地生长着，和妈妈养的花一样骄傲地立着，向着阳光。那一刻，有一种特殊的情感突然蔓延上了心头。

我突然明白，养花不仅仅是为了将花养好，更是生活的一部分美妙。花开花落，享受其中的喜怒哀乐，是一种对于生活的热爱，认真生活的态度。外公的花园，不大、不美，但是带给了我许许多多的快乐和至关重要的一课。

外公喜欢养花。外公有一个我爱的花园。

吃年糕

年糕,顾名思义,是过年时做的糕,过年时吃的糕。吃年糕,吃的是一份温暖。

江南的冬,虽然不及北方那样凛冽,却还是颇有几分寒意的。春节里,我裹上厚厚的棉袄,拖上奶奶纳的棉鞋,到西边的巷子里去做年糕。做年糕是一件大事,往往左邻右舍、男女老少都会挤在一条窄窄的弄堂里,做每年的年糕。男女老少忙里忙外,忙得不亦乐乎。把从家家户户收集起来的糯米粉混在一起,用筛子筛净,上锅蒸熟。热气腾腾的糯米粉不断往外冒白气,白气欢腾地上升,弥漫,消失。糯米粉放在石臼里,就开始和上水打年糕。一个人戴着手套摆放糯米团的位置,一个人抡着大木槌。木槌一起一落,糯米团挤压、揉搓、肆意地变形,慢慢地上了筋道。这个过程是很有趣的,往往即使是一年中最寒冷的季节,也会忙得满头大汗。

打好的糯米团在冰凉的八仙桌上舒展开来，雪白雪白的。远远望去，白花花的一大片，仿佛闪着耀眼的白光。切年糕的时候要很小心，拿刀那万万是不行的，冷刀一刀下去，糯米会黏住，切出来的糕形状也不好看。用的是细棉线蘸了油，放在年糕下面，用手轻轻一提，左右一交叉，年糕便顺顺贴贴地切开了。切面干净，光滑，像大理石一般仿佛闪着晶莹的光泽。切好的年糕，大块地要放起来祭祖先，请年菩萨。还要用筷子头点上红，点好后整块年糕立刻就秀气了起来。切下来零零碎碎的边角料，有时会捏成花状，有时馋嘴的孩子们会现场解决。我口水早已流下来了，用手拈起来就吃。我觉得这个时候的年糕大概是最好吃的，吃得满手黏糊糊的也毫不在意。一口咬下去，满足感从我心底油然而生，全身都暖了。

做好的年糕，外表不是晶莹雪白的，而是带着糯米的本色，是略微带米黄的，散发着诱人的香气，让我垂涎欲滴。年糕入口，黏软香甜。我的牙齿陷入了它的柔软中，齿间冒着热气，带着浓浓的糯米香。我缓过劲来，才发觉它的筋道。年糕不是淡然无味的，舌尖充斥着糯米的清香，仿佛带我回到秋天丰收的田野，回到那个阳光温暖的午后。洁白如玉的年糕，几块下去，我腹中便踏实了。愈嚼愈带趣味，有了年糕，才是完整的年。

年糕的吃法有很多，它几乎可以与所有食材的味道完美融合，刺激我的味蕾：白粥年糕、青菜肉丝年糕、桂花红糖年糕……无论怎样，总能获得食客们的垂青。

看着城市大超市冰柜里一排排的、冰凉邦硬的年糕，还混杂了粳米，这怎么能叫年糕呢？那实在是比不上家乡的糯米年糕的。缺了这份温暖的人情，年糕便不能是年糕了。新年里年糕的温暖，对于"年年高"的祝愿，融化了严冬，蔓延了整个生命。

晒出无声的幸福

我有一个表姑。她，是聋哑人。

小时候我就听奶奶讲，她听不见，也说不出。所以我不敢靠近她，仿佛是什么怪物。街坊邻里也总是在她背后叽叽喳喳地指指点点。我想，她一定很寂寞、很孤单。

偶然的机会，让我接触到她，接触到这个敏感而脆弱的群体。和我想象中大不一样的是，她的世界里虽是无声的，但充满了快乐、充满了幸福，像冬日那一抹明媚阳光恰好晒进每一个人的心房。

说是姑姑的辈分，但是她和我差起来绝对不会超过10岁，我们自然有很多话可谈。她和我交流的方式，自然有些特别。细细想来，如果用当下流行的话来说，就是"晒"。

一开始，是一个本子和一支笔。她写，我也写。她问我今年多大了，我问她在哪里上学。周围的亲戚吵吵嚷嚷，我们两个却自得其乐，在雨夜昏暗的灯光下写着，然后两个人一对视，就笑了。我听不到她的笑声，她也不会听到我的笑声，但是，我们很快乐。

她的无声的欢笑，踏过一条条路，路过一道道风景。她喜欢旅行，而且拍照拍得很好。似乎上帝关上那扇声音的窗时，给她打开了一扇用眼睛发现美的门。后来有一段时间，极少看见她，她一直在四处寻找美，寻找幸福。当我终于再次遇见她时，她兴奋地拿出单反，把一路的风景晒给我看。我看到她在各个地方笑，笑得好开心；我看到她和她的同学一起笑，笑得很幸福。是啊，她一直在笑。我们就窝在她的房间里，她一张一张给我看，在本子上写每一张照片的故事，就是很久很久。

除了旅行，她的生活中也无不充满了幸福。渐渐地，我们越来越熟悉。她和我的生日只差一天，我在她家门口看到她写给同学的生日邀请，她和同学在派对上疯玩的照片。她说一定要一起过一次生日。她叫人的时候会拍一下你的肩，努力地发出一点儿声音，希望引起你的注意。不得不说，那种音调很奇怪，我那淘气的哥哥总是模仿着来唬我。遇到她的时候，全家目瞪口呆地看着我，我可以和她亲切地打招呼。至于为什么，这是秘密。

后来我们的交流方式悄然发生了变化。有了手机，小本子就不见了。她输给我看，我再回给她。再后来，还有了微信，还有了朋友圈……

但纵使方式变了，那种无声的快乐与幸福还是打动着我。时光飞逝，等她毕业后，姑姑告诉我，她去广州学甜品了，打算回到家乡的小城和别人合伙开一家甜品店。我看到她的朋友圈里晒着精致的各式甜品，还有正在享受的幸福的她。于是我盼啊盼啊，盼到姑姑带我去了她的甜品店。店面不大，很小但很干净。空气中蔓延着甜甜的水果香，还有浓浓的奶香。嗯，我知道，是她新的幸福味道。她给我端来了我最喜欢吃的双皮奶，看着我吃完。不得不说，那真的是我吃过的最香甜的。她说下次生日，她要自己亲自做一个蛋糕给我们俩。然后她就带我到后厨去看了看。她无法在店中与客人沟通，只能在后厨用心地做自己的甜品。她总是漾着微笑，她是不会在意这些的，她和她的甜品，她很幸福。

终于有一天，她找到了属于她自己真正的幸福，就像她的甜品一样甜蜜的、无声的幸福。我的表姑父也是聋哑人。也许是这样，两个人的心可以贴得很紧。朋友圈这时候就被满满的幸福给填满了。他们一起做所有她喜欢的事，有一个人可以陪她一起旅行，一起庆祝生日。他们告诉全世界，他们很幸福。

很快地，我参加了一场令我永远难忘的、很特别的婚礼，很隆重，很浪漫。屏幕上他们的照片滚动着，无声地展示着她的故事、她的生命。鲜花和灯光簇拥着，来自亲朋好友的祝福和期待包围着，她是童话里的公主，最幸福的新娘。他们用手语，将他们的幸福娓娓道来。在婚礼上，某一个小小的角落引起了我的注意。是那些在照片里、邀请卡上出现过的，她的同学们——他们也都生活在那个无声的世界里。可是，让我惊讶的是，他们无一不是乐观的。他们的班长，是婚礼上的聋哑翻译，他只有模糊的一点点听力，在助听器的帮助下，他做得很努力、很认真。还有一对幸福的聋哑夫妇，千里迢迢远道而来，还带来了他们的孩子。丈夫可以勉强地挤出几个奇怪的词语，和我们交流。他说，那个可爱的孩子可以听见这个世界的声音，他很幸运，而且很幸福。那天他们都玩得很开心，比周围的其他人更加放得开，更加自由，高兴得手舞足蹈，不醉不归，你可以真切地感受到他们无畏的乐观和对于生命的所有热爱，告诉人们，他们享受其中。当其他客人都走了的时候，他们中大多数选择留下来，一起又聊了很久很久。他们都很幸福。在他们中间，我觉得自己似乎才是又聋又哑——并不是因为我不懂手语。那一天，朋友圈里晒满了祝福和幸福的他们。

我知道，我也想过。也许，在无数个黑夜里他们也曾哭泣，也曾绝望，抱怨命运的不公。为什么他们与生俱来就与别人不一样。但是在生活里，他们学会了坚强，学会了幸福，学会了勇敢地晒出自己生命的光彩。他们每天能够接触到的信息量很小，所以他们会更加珍惜、感受生命里的每一丝幸福，最终感染了生命里的每一个人，活得那样真实、那样鲜明。

幸福也会发霉，时常需要好好晒晒，就会有阳光的味道。

她的幸福会得到延续，一个新的生命来临。她怀孕的时候，我去她家里玩。此时她已剪短了长发，成为一个标准的准妈妈。她的房间里，就晒满了各种漂亮宝宝的照片。她写给我看，说看多了宝宝生出来就会很漂亮。她的脸上，洋溢着幸福。这种幸福比之前的一切还要高大。她还把自己给未来的宝宝亲手缝的小围兜晒给我看，上面还有一捏就响的小玩具，可以看出她很用心。我的表姑父正在她的指示下把一些五颜六色的夹子传到棉线上。她说她要做一个照片墙，挂起宝宝未来的点点滴滴。她无比地盼望，她可以把幸福带给另一个生命。

最温暖的阳光从窗户里晒进来，阳光的味道夹杂着医院消毒水的味道，一个新生命的第一声啼哭划破天际，那样响亮地冲进了每个人的心间，融化了所有思绪——在这最伟大的时刻……

清明风至

"春分后十五日，斗指乙，则清明风至。"

仲春与暮春之交，气清景明。"万物生长此时，皆清洁而明净，故谓之清明。"清明节气，有它的自然意义；清明节日，有它的人文情怀。

从小对这个节日有着一种敬畏之心。因为它与生死有关，与天堂地狱人间有关。清明在家乡小镇是一个很重要的日子。我们既吃青团子，又吃粽子。祭祖扫墓，一家团圆，除了春节，清明就是故乡最重要的节日。

因为除了过年和红白喜事，只有这一天家里要点蜡烛、祭祖先。桌上摆满了鸡、鸭、猪头、年糕、鲤鱼和酒。爷爷会拿出一个小酒壶和一堆小酒杯，摆上好几十双筷子。奶奶会在角落里的一个发黑的锅子里烧黄纸折的元宝，墙也被熏黑了。我会被大人们拉着跪在米袋上给祖宗磕头。这一切对于年幼的我来说是新奇的，似乎是我对仪式感的最初认识。

懵懵懂懂的意识里，由大人带着去往田间的坟茔。那是一片长满了茅草的土丘，间或植着松或柏。生时的邻居，死后还是，住得还更近了些罢。这路不远，但只有清明这样的日子才走。走在这条路上，必定也是和生死相关的事情。这样说着有些瘆人，但黄泉路不也是人人都要走一遭的吗？清明时节雨，小路上便泥泞得很，我套了大出一倍的雨鞋，陷在泥潭里拔出不来脚；清明时节晴，小路边都是油菜花，就可以扑蝴蝶和蜜蜂。

到了祖坟前面，要摆酒、点蜡烛、烧元宝。在街上买来花和亮闪闪的带子，给祖坟点缀上。壮年的男人们还要用铁锹给土丘除去茅草、添上新土。长辈们告诉我这是给老祖宗穿新衣服。曾经有一年，竟刨出一个带刺的、挪动着的球——原来是只刺猬。最后要放鞭炮，小孩子们就躲在远处的松树下，捂起耳朵，"砰砰砰"的巨响之后，纸壳和火药像下雨一样落下来。这样扫墓的全过程才算完成。

城市里的清明，在我的印象里，是早春的假期，是新闻广播里主持人的提醒，是同学口中去公墓的路上堵车……我似乎是个旁观者。而我真正参与的，是小学、初中、高中学校组织去烈士陵园扫墓。那时的天气已经很温暖了，从学校到陵园要走很长的路，站在台下默哀三分钟，然后献花圈。我还被老师选做主持人，严肃地朗读那些致敬先烈的词句。我们亲手用铁丝和纸做成白花，把它放在烈士的碑前。妈妈和我讲过，她教过的一个学生，在他还在襁褓中时，他做警察的爸爸在和歹徒搏斗中牺牲了，后来就葬在这里。原来那些英雄故事的情节就在我们身边上演，我似乎也明白了这种仪式感的意义。

其实所谓节日、节气，不就是我们赋予了一个日子特殊的意义，所以活出了仪式感。

当我站在故乡田间的坟茔，当我站在烈士陵园的广场，我都对清明充满了敬畏之情。我开始理解生与死的命题，不是像小时候那样害怕牛鬼蛇神的地狱，而是敬畏这自然轮回的创造。"死去何所道，托体同山阿。"生于自然，又回归自然。有的人喜欢把生命比作旅途，有的人喜欢把生命比作列车，不管何种比喻似乎都充斥着一种无常感。而丰子恺先生却说："无常就是常。无常容易画，常不容易画。"而马克思主义哲学的运动观说，运动和静止是相互包含的。生命的无常，未尝不是有常的。"唯江上之清风与山间之明月，耳得之而为声，目遇之而成色。"人的生命几十载和自然的千秋相比那确实是太短暂了，不过大可不必"哀吾生之须臾，羡长江之无穷"。我不是这自然的一分子吗？来人间这一趟，足够认真生活，体味酸甜苦辣、人情冷暖。我也不必奢求这美好的时光再长些了，我感恩我已经拥有得足够多。

"春分后十五日，斗指丁，为清明，时万物皆洁齐而清明。"风在安静地摇它的叶子，草在安静地结它的种子。一切都可以变得清澈而明朗。"燕子来时新社，梨花落后清明。"这本就是一年中生气满满的日子啊。它带着一种清高自傲，又与我们每个人的日常生活息息相关，翩翩而至。在这个节气里，每一口呼吸都是澄明的。一个与去世的人有关的节日，一个与万物生长有关的节气，清明独特的气质，让一年的春天多了一番味道。

　　清明风至，愿人间的每一个灵魂都能清澈、明朗，生气勃勃；愿人间的你我都能珍惜这一生，知足感恩。

朝游四海

大丈夫当朝游四海，而暮宿苍梧。

绍兴偶得

岁末，与父母游绍兴，偶得一景、一人、一物。

天色向晚，游罢喧嚣的鲁镇，一时兴起，驱车赴市郊，访兰亭。此地位于"崇山峻岭、茂林修竹"之间，有"曲径和觞"。游人渐少，已而夕阳在山。心中豁然开阔，暗喜良久，幸得此清静之地。

过石桥，有一座小屋；再探之，有一位匠人。屋内陈设，只有一桌、一椅、一灯，桌上陈列清一色的青色镇纸，大小形状姿态不一。明黄色的绸子里静卧着一方青石，象牙白的纤细笔触刻画着《兰亭序》全文。牵丝引带，横竖撇捺，一笔一画，无比清晰。匠人静坐于灯下，手中灵巧地翻动着刻刀，精致的笔画流淌出来，溅起细小的粉末。细观匠人，白发渐染两鬓，浑浊的镜片后面有一双无比清晰的眸子。坐在那里，好似一尊佛，那样安详宁和，仿佛有金光万丈。

今日访兰亭，缘由出自我也是习书法之人。不堪其苦其累，视之如上大刑一般，叫苦不迭。心浮气躁，渐渐荒废。今日视匠人，心中愧之。母亲提议买一方镇纸习字之用，选定一方"学海无涯"。我却指定要另一方"静"。"人能常清静，天地悉皆归。"点缀一簇兰花，简单干净。匠人抬头，询问我的名字。他细心地在那方镇纸背后刻下了我的名字——现在这一方镇纸独属于我一人了，甚是喜欢。放在手中把玩良久，视若珍宝。

　　此后习字的时日里，每当心神不宁，想要放弃的时候，我总会想起那日所遇兰亭，所见匠人，所得宝物。那一方镇纸总是默默做伴。"人能常清静，天地悉皆归。"那青石，与兰亭的瓦檐相同；那字迹，出于一位专注的匠人之手。且让我用手中的毛笔代替刻刀，与这象牙白的亚光笔触一起，描摹着千百年前那位王右军的喜怒哀乐。穿越历史长河，天地归一。我模模糊糊地窥见那神奇的、统一起来的人类的共同语言：不慌不忙，不卑不亢。得之为偶然，行之为必然。习字如此，万事皆如此。

　　偶得良言，"人能常清静，天地悉皆归"。牢记于心，慎行于身。

我的同学少年

恰同学少年。

烟花三月下扬州

"故人西辞黄鹤楼，烟花三月下扬州。"踏着孟浩然的雅兴，去寻觅一番扬州，岂不妙哉？

不愧是文学社的采风，挑了如此诗情画意的一个地方。虽然此"烟花三月"非彼"烟花三月"，顺舟而下也成了逆高速公路而上，但是，无妨。

一路春光相随，领略扬州那种似乎"瘦削"的美。瘦西湖之所以得以一个"瘦"字，大概是因为水道狭长，清秀动人，使得哪一位多愁善感的诗人不禁感叹"也是销金一锅子，故应唤作瘦西湖"。因为这个"瘦"字，瘦西湖多了一份更为秀气的美，多了一份令人怜惜的爱。柳条细细的、软软的，不忍戳破那一泓碧清的湖水，只是奈何不禁那微风。扬州的马路也是狭狭长长的，或许是城市规划中这一美丽的失误：在扬州，急不得。被堵在路上却不必烦躁，与同学少年们聊天打趣，与良师长辈们谈天说地，好不容易得来一次木心《从前慢》的意境，令我窃喜。

扬州的"瘦削"却也不失"饱满"。先有扬州八怪的大胆创新，后有朱自清的民族精神。扬州的文人是有傲骨的，他们从来不向命运妥协，敲打出一个时代的最强音。扬州人懂得生活，我们贸然闯入黄至筠先生的个园，不得不被其四大名园的气场所征服。无数的"个"字竹叶摇曳在诗情画意之间，精心布置的四季假山之景，让游人陶醉于其间，忘乎所以。顽劣的少年啊，在假山上穿行，一不小心呢，就会闯入某扇尘封已久的窗棂吧。

最难忘，是那条名为东关的街。此行还带有文学社的拍摄任务，甚感荣幸之至。可是一开始的兴奋、好奇马上被现实打破，我们焦头烂额，却怎么也达不到预期的效果，失去了游玩的兴致。累了、乏了、倦了，我们在东关街抛开了一切，去寻找那真正的扬州。品尝各种期待已久的美食：鲜美冒油的蟹黄汤包，喷香诱人的扬州炒饭……吃饱了，放开了，落雨了。在"润如酥"的"天街小雨"中，在青石板上滑行着。我们肩搭着肩，竟然玩起了童年的"小火车"。跟在两位金发碧眼的外国人雇的三轮车后面，逆着人流，一鼓作气冲上城楼，亮色的校服在天地的暮色中格外耀眼。说是走，也是跑，实则几乎是滑，引得路人驻足观看，仿佛耳边飘过一句感叹"年轻真好"。我暗自笑着在古城楼上远眺，看着东关街熙熙攘攘的人群，大口呼吸着带着雨水的空气，心中无比舒畅。同行摄影的同学在镜头里找到了我们的老师们，大家兴奋极了，拼命地朝老师们招手，老师们也笑着回应。我们把头探进古炮台里，落灰的炮台口绽放出了年轻的姿态。我庆幸，这大概是古往今来那么多文人墨客流连扬州的原因吧。

乘兴而往，尽兴而归。

临安宋城千古情

放下考卷，放下作业。期中考结束了，就迫不及待地踏上春游之旅。

宋城就是一个主题公园，似乎大家都不抱什么期待。但是，无妨，就是去放松放松心情，有的玩就是好的。鬼屋里叫也叫过了，水池里闹也闹过了，《宋城千古情》的实景表演惊叹也惊叹过了。似乎，就结束了。

出事了。

就是宋城的那个水池，有同学和别人起了争执。一开始，本以为没有什么大事，我们正在鬼屋门口排着长长的队伍，从电话里听说了这事儿。后来，才意识到事情的严重性。

对方是当地某所高中的学生吧，一身痞气。头发梳得老高老高的，高高大大的一个男生。背了个颜色极其艳丽的包，不穿校服，拖了双拖鞋。从打扮上就想告诉人家：我不好惹。倒令人嗤之以鼻。不知是因为不小心撞到他了还是不小心溅到他了，或者是纯粹地想找碴儿，两人先是起了言语冲突，后来愈演愈烈。那位"不好惹"的男生公然动了手，把我们的同学推进了水里，将他的眼镜也打到了水里。同学自然也是不服气，无奈对方比自己高大那么多，况且，自己也有不对的地方吧。

后来我们的班主任、年级组长以及其他老师都赶到了现场，与对方协商。对方的老师迟迟不露面，甚至还惊动了民警，当警察到时，"不好惹"同学的态度仍然没有改变，唾沫横飞地"舌战群儒"。许多同学驻足围观，但在老师的要求下离开了。我第一次见到这样的场面，也是愣住了，在同行的同学的催促下才回过神来。怎么会有这种事情呢？

我们对这件事自然表示愤怒，回去后也有反思、有分析，还为此召开过一次班会课。由于在宋城的时候，多方调解也无果，我们后来又与对方设法取得联系，打了很多次电话。但是对方一直拖延回避着。班长反复斟酌字词，写了信给对方的校长。这次的春游对我们来说又多了很多很多的思考。但庆幸的是，所有人都有很强的集体意识，都对这件事表示了关心和支持。每一个人，都是一个集体里的一分子，每一个人遇到事情，我们都会站在他的那一边。至于遇事的那位同学一直很淡定，只是心疼湿了一双新鞋。

公盂古道神仙居

暑假最热的那几天，又参加了学校的夏令营。去仙居，这不，到了那边刚下车，气象局就发布了高温预警。

但是，无妨，第一天我们就向这次主要的目的地——公盂进军了。这个地方被誉为"华东最后的香格里拉"，其实说白了就是"野"，不同于其他景区，这里是一座野山。公盂古道也不同于其他的道路，几乎是一条野径，很不平坦，坡度也很陡，着实不太好走。我们还需要把自己当晚的住宿用品背上山。路程刚开始不久，我们就大汗淋漓了。不少同学脱掉了防晒衣、摘掉了帽子——这些东西现在都是累赘。在路途中休息的站点（后来我们才发现这是唯一的站点），累得不行的我们偶遇一位挑着西瓜上山的老伯。老伯笑道："还没到八分之一的路程哩！"老伯并不停留，扬长而去。

再次出发，渐渐地，有的同学摔倒了，有的同学体力不支了，出现中暑呕吐现象。这时，行进中的队伍停了下来，同学之间互相伸出了援手，老师用随身携带的药品进行了紧急处理。同学之间的差距逐渐拉大，走得快的同学常常向后喊："后面跟上了吗？"后面的同学会回应"停一下"或"继续走"。山路很窄，一次只容一个人通过，就是通过这样的喊话，我们一个都没有落下，倒是颇有几分红军长征的感觉。

　　走着走着，转到了树林当中，天气不再那么炎热了。老师鼓励我们："走走停下来看看风景，就不会那么累了。"似乎所有的劳累都会随秀丽的山水风光而去。渐渐地，神清气爽，"柳暗花明又一村"。翻过一座座山，有时上，有时下，我们的目标是抵达群山环抱中的农家。偶尔我们停下来，就有了闲工夫看看风景。山中花儿争艳、鸟儿争鸣、蝴蝶翩飞。有位见多识广、很有登山经验的同学，经常会分析路旁的植物带给我们听，时不时还会预测一下路程的进度。我们再次遇到了老伯，并且走在了他的前面，老伯笑着和我们打招呼。这样的旅途还是很有意思的。终于，我们眼前一亮：山下是一片美丽的农家梯田——就要到了！

　　农家的老板很热情，当晚只接待了我们一行人。除了老伯，一路上我们没有遇到其他游客或登山者。公盂农家的风光很美，四周山峦秀美。这里的山不高、不巍峨，多的是绿色，多的是灵气。鸡、狗都懒洋洋地在山坡上晒着太阳，有时也会嬉戏打斗。屋后就是一片美丽的梯田，抬头就有一片美丽的蓝天。山中没有手机信号，但是店家与时俱进地装了Wi-Fi。同学们回到房间，终于可以休息了。房间是多人间，很简朴、很干净，山中物资匮乏，这已经是农家的主人能够提供的最好的条件了。洗澡只能两个人同时洗，需要排队，到隔壁的农家洗则要十块钱。虽然住宿的条件真的是生平第一次见，但是我们不在意这些，仍乐在其中。看到许多旅行团的旗子，有人还说后悔没有带面校旗来。这个美丽的小村庄，纯朴热情的老板一家，让我们感受到了别样的农家风情。

老师们决定带领一批同学攀登公盂背。同学们自愿报名，绝大多数同学选择了去挑战。由农家的老板带路，我们向公盂背进发。

前往公盂背的路更险，更不好走，几乎都是野路。这一段路真的很不好走，有时是在岩石上行走，需要手脚并用；有时是在碎石路上艰难前行；有时是逆着干涸的小溪河床向上……但是，没有人喊苦也没有人喊累，咬着牙也要坚持。到了山顶的一块平台，大家停下来休息，身旁的告示牌让我们知道了接下来的路有多么危险。所有的工具只有山上垂下来打着绳结的一段绳子，到处都是碎石和悬崖。体育老师上前探路，下来后，组织了体力好的一批同学向最后的山顶冲刺。最后的一段路无疑是最险的，几乎90度垂直的陡坡，我们没有任何经验和专业装备。但是或许是凭着那一份"年少轻狂"，最终有同学登上了山顶。"会当凌绝顶，一览众山小。"此时，面对眼前秀丽的风光，怎一个快活了得！

"上山容易下山难。"等到山顶的同学回到平台，要下山的我们陷入进退两难的境地，上山是碎石，下山也是碎石，一不小心就会摔倒。此时便有人立下了"临终遗言"：珍惜生命，今后一定要好好读书，报效祖国。害怕自然是有的，但是同学老师相互帮助，相互扶一把，抓着树枝和藤蔓，一点点下山。我们那位很厉害的体育老师关切着每个同学安全下山，在难走的关口守候着每个人的安全。这个过程是很快乐的。庆幸的是，最终所有人都平安地回到了农家乐。

经过休整，晚上我们在农家的院子里开起了篝火晚会。山里的夜晚还是颇有几分寒意的，在温暖的篝火旁，青春的笑声回荡在大山环抱之间。唱歌跑调，小品词不熟，都没有关系。经过下午的经历，已经晋升为男神的体育老师吹奏了陶笛，并带领我们跳竹排舞。"开开合合，开开合合"，极有韵律和大山风情，让同学们大为惊叹。最后，大家一起跳兔子舞，围着篝火，跟着音乐，肩搭着肩。据说那个晚上，还有许多同学第一次见到了萤火虫。

第二天，由老板带路，我们换了一条出山的路。行走在梯田间，我们同美丽的公盂告别。在竹林里穿梭，我们顺着一条小溪而下，其间还要渡过小溪许多次，下山的路比较轻松好走，但是更加荒僻，走起来也别有趣味。路上还遇到了在林间吃草的黄牛，对于很多同学来说同样也是第一次。路边还有一种透着幽蓝色的草。在山脚，有的老师和同学们还在小溪里玩起了水。穿过芦苇丛，不少同学被其划伤了，但是此时的我们已经不再娇气。我们回到了山脚。有了这样的经历，我们对生活有了更深刻的感悟。

后来的行程中，最难忘的还是漂流。在仙居的母亲河——永安溪上，我们乘坐极有地域特色的竹排在画中游。虽然竹排很平稳，如果文静一点儿，根本不会弄湿，但是我们还是"早有预谋"地开始打水仗。原先是一条条竹排之间互相泼水，最后变成了自己竹排上的互相嬉戏，尽情地闹腾着，有的同学干脆躺倒在竹排上，任由阳光晒暖的溪水浸湿自己。老师也加入了其中，水花在落日下，闪闪发光。

最后一天游神仙居，有了前面公盂的经历，一点儿都不觉得累了。导游惊叹我们为什么可以走得那么快，当然，我不会告诉她的。

我们当中的大多数是独生子女，但是在同学少年当中，我们感受到了兄弟姐妹般的温暖和感动。感谢这一次终生难忘的经历，使我们退去了孩子气，让我们得以成长。面对初三，我们已经整装待发。

人在旅途，其实很多时候旅行不在于目的地，而在于身边的人是谁。每一次的经历，都是成长。

风华正茂。

物竞天择

学校组织去登天目山。

"开始登山！"校长一声令下，像是起跑线上的发令枪，学生们争先恐后地涌上了山间小径。据说要评优秀团体——看哪个班登到山顶的人多。他们班对这样的比赛还是很有信心的，因为只有八个女孩子。这是竞赛班，选考的是物理化学，女生自然少些。男生毕竟气力更足。

她也不敢落后，赶紧加入了队伍。她怎么会选了物理呢？她记得自己第一次物理考试不及格哭了整晚，她记得高中第一次月考自己语文年级第一和物理六百多名。为什么呢？在闺密的怂恿下，她报名了物理竞赛。高一新生大多抱着玩一玩的心态，当别人都提前交卷离开时，眼前那张天书一般的卷子却仿佛有什么魔力一般吸住了她。铃响，她才离开。后来她居然拿到了奖，虽然是最小的奖，但也足够让她骄傲，年级里获奖的只有四个人。当她想起那种神奇的感觉，当她眼前浮现出物理老师眯眼微笑的样子，一颗种子在心里悄悄发芽。

她做出了一个重要的决定，虽然物理让大多数人敬而远之，虽然有表哥失败的前车之鉴，还有自己一直没有起色的物理成绩……就和当初哭着发誓不选物理时一样，她哭着求父亲要选物理，这是很奇妙的事情。

她有点紧张，前后看不到自己的同伴，想必他们都在前边，不由得加紧了脚步。既然选了物理，还学了竞赛，那就加油吧。她知道自己与别人的差距，她也无比羡慕那些男生轻松自如地求导微分解出那些让她抓狂的物理题。老师有时候会让他们自己互相讲题目，同伴清晰的思路和工整的书写让她叹为观止。他们是领跑者。而她，只能一题一题地追，正如现在的她一个台阶一个台阶艰难地往前挪。她是跟跑者。

她的双腿灌满了乳酸，呼吸变得笨重，心脏像是一头想要冲出牢笼的野兽在胸腔里乱撞。忽然，她看到了自己班里冲在前面的男生。他们也看到她了："团支书你走得好快啊。""前面就一个女生了，你加油超过她啊。"

她的斗志似乎一下子被激发出来，再努力一点儿就可以了，没有人会记住第二名。她不敢休息，继续往前走，越走越快。有一回，物理课代表把讲题目的任务交给了她，她犹豫了。不过最终她还是接受了讲比较简单的机械波。

她很用心地去准备。有一天晚自习下课，走在校园广场上，忽然旁边有个男孩子感叹："这个公式好美啊。"哪个公式？她努力回忆那个晦涩难懂的简谐运动公式。哪里美了？老师说一个周期就把时间和位移有关的物理量分别联系起来了，嗯，或许这真的很美。虽然她讲得并不完美，但是走下讲台，同学们响起掌声，老师给予认可，她觉得很开心。

终于，她听见了前面那个女生的声音，超过她，超过她——对，对！她骄傲地走在前面，脚步轻松起来，终点近了。忽然，山路开始诡异下行。当她呆立在路中央时，另一个女生果断掉头回去了。电话接通，走在前面的男生坚定地告诉她走下去。她决定继续往前，却被眼前的路吓到了——一道超过百级的台阶，坡度超过60度。怎么办呢？只有走下去。作为文学社社长的她，常常在和大家的讨论中把话题带偏到物理。她发现，最小作用原理的普遍性、楞次定律的因果关系、波在传播过程中介质不变……在变化和守恒中蕴含了生命的哲思。"所谓文理，只不过是通往世界的不同路径罢了。"他们会心一笑。她不再质疑，决心做一个文艺的理科生。

她咬着牙走，汗水大滴大滴地淌下来。"这就是你的人生之路啊。"一个陌生的老伯举起相机给她拍了照片，笑着扬长而去。终于，到了，到了。同伴热情地迎接她，递上刚买的关东煮。她惊奇地看到原来走在自己后边的人——当然也包括那个女生，比自己先到了山顶。原来，上山有两条路，她走了远的、难走的那一条。不过无所谓了，阳光正好，清风徐来，看到老师、同学快活的脸，她觉得很幸福。后来，她的物理好一点儿了，不过仍然和领跑者们有很大的差距。但是，她知道，最可贵的，是那些少年可以像痴迷游戏一样痴迷竞赛，可以发自内心地赞叹出物理的美。她渐渐明白，物理不仅仅美在"格物致知"的过程，更美在那些泰斗巨星还有身边所有热爱物理的人身上的一种精神，那是很美好的东西。物理是一种信仰。

有一回，她在走廊上发呆，转身走进教室里，有个男孩子在黑板上写：物竞天择，适者生存。"你是在复习历史（严复翻译《天演论》）还是生物（达尔文《进化论》）？""你不也是个物竞生吗？"她恍然大悟，说得太好了：是的，我们看到了很多成功，但是更多的人在路上失败了。这是一个天择的过程，这很残酷。不过只要内心仍有对物理的热爱，这一路走得不后悔。

竞赛班很少暑假和玩乐，她和同学们来到了杭州参加夏令营。见到了竞赛书的编者程稼夫先生，激动得和那些少女见到自己喜欢的明星一样。还有北大物院的助教展示流畅自然的解题技巧。她认识到自己还有很远的路要走，但是也许也没有那么远。这样的生活不轻松但很充实。

　　他们班顺利地拿到了优秀团体，在山顶和校长合影。以后啊，她和他们班还有很长的路要走。他们当中有领跑者，有跟跑者，他们都是独跑者。

　　物竞天择，适者生存。对了，后面还有一句：世道必进，后胜于今。

在北京

南方的姑娘终于踏上了去北京的列车——一个想了很久的地方。

关于北京的情怀，始于父母从小到大迟迟未兑现的承诺。当成为一种追求而无法获得时，有机会却没有成功时，北京成了一个执念。当终于有一天，怀着一个不伟大却足够有力量的理由去往北京，有一种对自我的朝圣感。

路过很多城市，我遇见的南京没有法国梧桐，我遇见的济南没有冬天。列车上的乘客换了一批又一批，终于到了终点站——北京。

北京的地下车库闷热得可怕，操着可爱的北方口音的北京人接我们躲开晚高峰三环四环五环，在北京的弄堂里横冲直撞。没有吃烤鸭，也没有吃糖葫芦，一家家乡口味的餐厅里，吃了豌豆黄和山楂糕，还有一种椰丝的糯米球，把红丝绿丝从糕上取下来揉进了团子里。北冰洋橘子味的冰汽水配上麻辣的水煮鱼，刺激在味蕾起舞。这里是北京，所以这里有这样天南海北的奇妙组合。

歇脚在北京闹市区边边角角的四合院里。院里有柿子、葡萄、石榴……就这么生长着，成熟着，掉下来。北京的天暗得很晚，北京的旅店都是小小的，但很干净，设施齐全。屋檐下的灯笼随着天色暗下来似乎是慢慢地亮起来的，夜色中的月亮也很干净。

北京到哪儿都是人多，在北京的路上似乎也就没有了脾气。慢慢来，会到的。懒得动脚就叫了那家有名的庆丰包子铺的外卖，不需要等很久，电话那头北京味儿的声音告诉我下楼取外卖。北京的包子皮很薄，馅很多，猪肉大葱馅的，一份有六个，管饱。还有一份饺子，饺子不像江南褶皱得那么考究，似乎是很随意地一捏。饺子是鲔鱼三鲜馅的。

本地的导游是个红脸的大汉，头发已经花白。在每个景区门口集合他的客人："马导家的！"他是个经验丰富的老导游，知道怎么避开人流的高峰，知道怎么把北京城的故事讲得有趣些。陪团的导游是个年轻的小伙子，至少看起来比实际年龄小。皮肤因为职业的原因晒得黝黑，见到非洲的游客打趣道："我比他们白一点儿吧。"他会耐心地陪伴每一个游客，帮我们拍照、拎包，陪我们走到每一个景点。"我的手机真的掉马桶里了，没骗你。"于是乎，他就乐此不疲地在鸟巢和水立方前帮我们合影。

我迫不及待地暴走北京。我遇见过清晨的长城，游客还不是很多，它在山间的雾气里随着太阳升起渐渐清晰了轮廓；我遇见过傍晚的天安门，它在大雨前富有情绪地变幻莫测，等待倒序的升旗——降旗，等待天渐渐暗下来，广场上的灯一盏一盏亮起来；我遇见过大雨倾盆的什刹海，造访过和珅那个富可敌国的家；我喝着瓷瓶里的老酸奶看堂会绝活儿，体会那些北京风味的笑话；我遇见过碧空如洗的故宫，在游人还稀少的时候，安静端庄的气魄，电子讲解中娓娓道来的声音……颐和园美在它什么都有了；圆明园美在它什么也没有。在4点钟北京的街头看这个城市苏醒，在九点钟的王府井等待商店打烊。在慈禧水道上泛舟，记得讲解员小哥哥的声音很好听，尝一尝据说是御泉山上皇上喝的水；在圆明园里坐观光车，去的时候坐第一排，眼前的景物被慢慢放大，回来的时候坐最后一排倒着走，一切又在视野里慢慢变小，仿佛穿越时间隧道返回了今天。隔着马路冲着行人询问他手里转角处买的煎饼果子，花一块钱去抵押汽水的玻璃瓶……有趣的细节也就藏在街头巷尾了。

对于一个高中生来说，最震撼的是北大和清华。跟着一个金发碧眼的小哥哥在北大门口下了地铁。北大古朴，清华洋气。校门口挤满了拍照留影的游客。校园里是不让随便进的，预约的名额这个礼拜早已排满了。托了一位同乡学姐的福，拿着一张多少学子梦寐的学生证混了进去。当真正走在未名湖、博雅塔、水木清华、荷塘边的时候，这种感觉和走在家乡小城的大学校园里是不一样的。当那些书本里的文字描述的场景真真切切地出现在面前，心中翻涌起可望而不可即的羡慕，深深地刻在了脑海里。有人说，一见钟情就是一眼万年，明明是初见却是那么熟悉。不能不去想象如果有一天能够站在这里，却又不敢想象。坐着地铁4号线开往安河桥北，耳机里是民谣歌手平淡中呐喊着生活。前往国家图书馆，又是深深的震撼。一层一层螺旋下降式的自习室，一排一排整齐到强迫症都难以挑剔的书架，一个一个专注于学习的男女老少……安静得听得到每一本书的呼吸。我匆匆走过，我知道，真正的努力和我现在的状态差得太远。满足于自己的那一方小小的天地，你对这种力量一无所知。

每天都霸占朋友圈步数排行的榜首，我急于阅览这个城市。它那么真实地出现在我眼前，它高大，它也卑微。它不是老舍的北平，它不是朱自清的荷塘月色，它不是史铁生的地坛，它是我遇见的北京。

在熙熙攘攘的北京南站吃完拉面里的最后一块叉烧，踏上了归途。窗外的云运动得很有立体感，一觉醒来，已经是皓月繁星。我的小城不是列车的终点站，在熟悉的地方跳下车。相比北京的干燥，痛快地呼吸着分别好几天的湿润空气。晚风似乎也是温暖的，月亮似乎也是亲近的。

罢了罢了，我还是安适在我的小城。

书生风华

恰同学少年，风华正茂；
书生意气，挥斥方遒。

我们走过的

想必你也走了很久了。

"嘉兴一中"和"嘉兴一中实验"差了两个字，却差了一条路，差了三年。这条路南边是教学楼，底下种了一片玉兰花；北边是寝室楼，前面种的是银杏；东边是一中实验的食堂，尽头是一条河，人来人往；西边是一中的操场，尽头是一个湖，人来人往。中间是一扇门，一扇铁门，铁门那边可以望见一中的钟楼。铁门不常开，就算是两个学校的一个界限。

这条路从我来到这里就有了。

跑了一个冬天

一锅沸腾的"番茄蛋汤"涌在一条路上，实在是冬天里的一道风景。我们这一届的学生冬装校服格外鲜艳，外套番茄皮的红色，内胆鸡蛋黄的黄色，被老师们津津乐道了三年。轮到我们跑操的场地，正在这条路上。其他年级常常由于天气原因，场地湿滑跑操取消；而这条路上场地要求却不高，每次踏着铃声悲愤地下楼的，总是这一锅的"番茄炒蛋"。

记得有一回天上还飘着小雨，夹着雪花，呵一口白气，上升，弥漫，消失在白茫茫的天空里。一片白气弥漫在"番茄蛋汤"的头顶，沸腾起来了。虽然天冷，但是跑得很欢脱，笑声回荡在白雾里。跑完两圈，身子暖和了，甚至还是要脱下番茄的外壳的，黄色的毛茸茸的一团团涌上楼去。

冬天的跑操从银杏全金黄了开始，一直跑到玉兰花抽出了新芽。

闯过一个春天

春秋装校服的颜色要清爽得多，天蓝色和橄榄绿。铁门不常开，今年春天开了一次，因为一中实验的学生要去嘉兴一中考试。

一大早集合，考试的日程很紧，专门安排了老师送考。以前也见过学长学姐们越过铁门去考试，路两旁会插上彩旗，一队老师穿着旗袍等在铁门，寓意旗开得胜。浩浩荡荡一行学生，带着一中实验标志性的天蓝和橄榄绿，穿过铁门去考试，再回来休息。今天轮到自己了，才真切地有所感触。

年级主任守在铁门边，抱着一大盒的2B铅笔，微笑着候着我们。今天，在此一战。路过了无数次的铁门，今天终于跨了过去，站在了这一方大地上，抬头望见高大的钟楼，我心里无比明白：今天我可以靠自己的努力，闯过这一扇铁门，留在这一方大地。肩并肩前行的伙伴，今天既是对手，也是战友。人生第一次的转折点，前方是未来，身后是母校。这一扇门，这一条路，似乎就有了别样的意义。

中午回到一中实验的食堂吃午饭。路上遇见一中的猫，记得它有一双清澈的眸子，并不怕人，傲然地坐着。它毛色很杂，眼睛的颜色却很纯澈。我想，它也是在为我们祝福吧。

考完一身轻松，从铁门穿过回家，正如一个战士回到故里，不管是否凯旋，内心总有一种安稳与幸福。犹记得一起查成绩那天，大家帮我输完考号，由我自己按下"查询"键的那一刻。很欣慰，我闯过了！我很兴奋，老师们很欣慰，伙伴们很高兴。我们当中有很多穿过了那扇铁门，更多的却没有。

毕业的美术作业，我画了一条路，路的尽头是一扇门，可以望见钟楼，路上有两个女孩子，手牵着手。

那扇铁门并不常开，除了艺术节，除了考试，还有教师节。

走到一个秋天

于是我来到了铁门的这一边，穿上了多少学子梦寐的校服，坐在了多少学子梦寐的课堂。校服是黑底红条，很严肃。虽然铁门两边的作息差别不是很大，但一开始总是不大适应高中生活的。

那条路啊，其实经过的不多了。偌大的铁门成了想念母校偷窥一眼的小洞口。以前是想过来，现在是想回去，校规就横在中间。有些同学在晚自修下课的短短10分钟也要冲到操场去，趴着看看一中实验。有趣的是，两边的学生，也就是以前一起奔跑的那锅番茄蛋汤，如今虽然是分穿两色的校服，却常常交会在铁门边，有说不完的话。你最近怎么样？一切都好。有时会被两边的老师叫回去，却无法阻止下一次的见面。

铁门不常开，教师节是开的。浩浩荡荡一行黑的红的就越过铁门了，一行蓝的、绿的就在那边等着，终于可以拥抱，嘘寒问暖，见见老师们，见见老朋友们，还要给学弟学妹们传授点自以为很有用的"经验"。铃声响起前，要按时回去。这条路上，仍然你来我往。冬天，仍会有一批其他的颜色翻腾在这条路上；春天，仍会有一群蓝绿色的少年闯一闯。秋天，会有归来的想念，银杏叶子仍然一路金黄。

一中的校园里少有银杏，但有更多五颜六色的叶子。清晨打扫包干区，红的黄的绿的，深深浅浅，还有一种红色壳的果子。猫就卧在图书馆门口，懒洋洋地晒着太阳，等待一根火腿肠。高中生活总是慢慢适应起来的，一中的校园大得多，每一个角落似乎渐渐地都有了可爱之处。坐在教室里，抬头就可以望见钟楼，钟声在中午12点和晚上6点准时响起。路，还长着呢。

所以有时候我也会去铁门看看，想起走过的路；纵使不舍，也要转身，前方的路还要慢慢走。有时候还会想起番茄炒蛋色的初中，想起那些笑脸；看看身旁黑底红条的少年们专注的模样，我知道，路上从来不缺伙伴。有一天，一个老朋友发给我一张图片，是一中实验落满银杏的路，路的尽头是铁门。我扬起微笑，这是我走过的路啊。

这条路一直都在。余路，还要走很久。

西东

西山苍苍，东海茫茫；立德立言，无问西东。

——《清华大学校歌》

一

一路向西。

天气渐渐凉了，我一天一天看见银杏叶子沁出金黄色。脚下自行车的踏板不知疲倦地重复着一上一下的动作。这个世界还没有完全睡醒，我喜欢趁人少的时候出门，十分钟以后这条街就完全堵死了。我在桥上望，如果桥下的红灯闪烁，正好可以趁绿灯的时候穿过去，那就是今天第一份小幸福。如果望见绿灯，下去的时候反而过不去的，倒让人失望。

脑海里回荡着一两句今天要默的诗，车篮里放着绿皮的四级词汇——老师说一定要拿下的。我不想让一切都只是看起来很努力。哲学书背了好多遍却还是做不出那些让我发狂的判断题。它一直向我发问：我是谁？我从哪里来？我要到哪里去？

我现在从家里出来，西行是学校的方向。那么，我是谁？总是怪着别人不理解自己，那么谁又真正认识了谁？哪怕是自己。

从前我家住在学校西边，上学是往东走，放学是往西走；现在我家在东边，学校在西边。靠西的地方是我现在的学校，靠东的地方是从前的学校。于是我每天在这条东西贯通的路上行走。从前的我向往着每天路过的这所学校，激励着我到哪里去；现在的我每天路过从前的那所学校，提醒着我从哪里来。

时间就这样每天西东、东西地来回摆动，我很想知道它的摆角是否小到可以忽略，满足单摆的公式。不知不觉，不紧不慢。可是我又觉得它的摆角是那么大，摆走了稚气，摆动着青春。

"只要我们在行走，时间就在行走。不朽的它会在不知不觉间，引领着我们走到地老天荒。"（迟子建《时间怎样地行走》）

二

我家藏在小区里的一角，每天上学要在小区里晃荡很久。因为周围学校比较多的缘故，一些家里远的学生也租住在附近。每天和我出没时间相仿的是不同学校的不同学生：蓝底橄榄绿的、灰色棒球服的、大同小异的红的黄的蓝的高一的高二的高三的。还有的就是晨练的人们，男女老少，好不热闹。

不管是楼上隔壁学校的同年级女生，还是每天准时出现在公交车站的有些秃顶的大叔。每天遇见，也就混了个脸熟。有一个人吸引了我这个秋天的大部分关注——一个瘦得如干柴一样的老伯。看起来他的脚受了伤，正在康复期。和公园里由儿子搀扶的老人不同，他独自扶着轮椅一步步地往前挪，每一步都那么艰难。他先撑起身子，用力地把病腿搬向前，身子不由自主地摇摆，费劲地寻找着平衡。

踽踽独行。这一幕确实是打动人的。英语续写材料里有一位"Slow but sure"的"Little Tom"。不知为何，我总是把他们两个联系起来。

自在独行。这是我在文学社书架上偶然看到的一本贾平凹散文集的名字。我也总是想起这句话。老伯就这样地走，从我着夏装的日子走到了冬装。他已经可以不用轮椅、换扶了。不知为何，我的内心涌起一种温暖的冲动。

就像我的数学一样，似乎总是比别人走得慢。我总是安慰自己说慢一点儿没关系，只有这样我才能更接近幸福。

"你愿意的，命运领着你走；不愿意的，命运拖着你走。"（史铁生《扶轮问路》）

三

脑海里一直挥之不去惨淡的数学成绩，忽然眼前亮堂了起来，明晃晃的好扎眼。连续阴雨多日，气温明显下降。今天突然出了太阳，整个大地蒸腾起一片白雾。400米的跑道就这样浸泡在雾里，恍若隔世。

一个戴着旅游帽的老人，手里拿着一张地图。我不知道他为什么会在这个时间出现在这里，我也不知道他要去什么地方。我只是觉得有什么东西忽然扎了一下我的灵魂：白雾、老人、羁旅、地图……地图上也许有目的地，可是怎么到目的地呢？茫茫的景色，茫茫的眼神，茫茫的心境。

体育中考模拟的时候第一次踏上这条跑道。当初并肩奔跑的少年们各奔东西，现在的我养成了每天跑几圈的习惯。为的是安抚那颗焦虑兴奋的心晚上可以安然入眠。当我在跑步的时候，我在想什么？这几分钟逃离课本的时间，什么都可以想，什么都可以不想。为什么大家总是自觉或不自觉地逆时针跑？据说和南北半球的地球自转有关系。

第二节晚自修下课，操场涌进了各年级的学生，就这样环绕、流动。夜色中我跑得更快一些，近视带来的轻微夜盲使远处的灯光在我的眼前跳跃，近处的反而被夜色吞噬了。广播特意挑了激情的音乐，鼓膜边振动着极强的节奏感，想要唤醒疲惫的神经。一切又，恍若隔世。

"不管全世界的人怎么说，我都认为自己的感受才是正确的。无论别人怎么看，我绝不打乱自己的节奏。喜欢的事自然可以坚持，不喜欢怎么也长久不了。"（村上春树《当我谈跑步时我谈些什么》）

从东到西，从西到东，从南到北，从北到南。时间还在行走。我们还在行走。

相遇

风雨中的一个午后，我在这里，与你不期而遇。

很小的时候，第一次在报纸上看到你的家族——白头翁。你头上的那一顶雪白，衬托着傲人的浅灰色的羽毛，那个身影深刻地印在了我的脑海里。在童稚的眼光中，甚是可爱，甚是有趣，好似一个严厉的怪老头儿。这大概算是第一次的相遇吧，那时候你只是一个孩子眼中有趣的鸟儿。

那一天，立夏过后的雨来得很急，说下就下。肆虐的大风狠狠地刮着，天地之间都显得黯淡。雨急速地下，形成一片雨帘，远处的景物模模糊糊的。本应耀眼的太阳早早地躲在了云层里。我坐在明亮的教室里，都能感受到外面的坏天气，只能呆呆地望着窗外。殊不知，我会在这样一场风雨中第二次相遇你。

讲台上，班主任拿着厚厚的卷子，粉笔在黑板上"唰唰"地写个不停，令人心烦。我只觉得耳边恍惚间嗡嗡嗡地响着某个声音，被雨声打乱了，听不清楚，我也没有仔细听。我现在满脑子充满了下午竞选团员的事情，久久地萦绕着，盘踞了整个脑海。再过几个礼拜，就要退队了，届时就会有第一批团员入团。曾经我多么羡慕高年级的同学胸前那明晃晃的团徽。它一直闪烁在我的记忆里。如果可以作为第一批团员，在明晃晃的大礼堂里，在全年级老师和同学的见证下，从校长手里接过团徽，是多么自豪和骄傲的一件事情。以后还可以做其他同学入团的推荐人，又是多么令人羡慕。小小的虚荣心在不断地膨胀，我已经不再去想其他的事情。

窗外别有一番不一样的天地。高大的柚子树上，树叶翻卷过来，整个枝干都在疯狂地舞蹈，一团一团的树影揉过来又揉过去。恍惚之间，一个鲜亮的白点跃上我的眼帘，在一片晦暗中十分突兀。那白影随着风也在摆动，似乎要掉下来。

这是一次奇妙的相遇，我第一次亲眼看见了你。你在狂风暴雨中立在柚子树梢。一双小小的明亮的眼睛如葡萄一般，在风雨中透出一丝锐利的目光，竟叫人为之一震！淡灰色的羽毛已经湿透了，翅膀上的那一缕明黄色湿漉漉地滴着水。那一双小爪子紧紧地扣住树枝。嘴喙左右晃动，小脑袋转来转去，似乎在寻找什么。唯一显著的是那一顶雪白的帽子，饶有"少年白头"的趣味。我突然被你吸引了，使我暂时抛开了教室里的一切，暂时抛开了那明晃晃的团徽。你仿佛有一种独特的魔力把我迷住，让我无法把视线从你身上移开。大树大幅地摆动着树叶，你竟一直站在上面，纹丝不动。

相遇，你使我想起了游乐园里那刺激的过山车、大摆锤。一上一下，忽上忽下，左右晃荡，飞快地运行过去，使人天旋地转，一时失去了重力，仿佛遨游在外太空。想必你现在就是这样的感觉吧。想着想着，雨帘模糊了你的踪影，我迷惘地迫切地想要找回你，却早已没有了那顶雪白。我稍许有些失望，转头回到了教室里的世界。

班主任继续在讲台上口若悬河地讲班里的事情，我在下面昏昏欲睡。学习、作业、考试，压得我根本喘不过气来。入团，入团，我急迫地想要，却发自内心地害怕失败。我像被一张巨网束缚着，眼前充满了阴霾，挥之不去。脑海中无数遍预演着成功或是失败，那一笔一画的"正"字让我胆战心惊。越是想，越是害怕，近乎疯狂。

我急于逃避，思绪再一次冲出窗外，我又捕捉到了熟悉的白点。你又飞回了那柚子树上。我无法想象你是如何拍打着那双被雨水湿透的双翅，艰难地在雨中爬起来，在风中飞上来的。就在这样的风雨中，你顽强地站在风口浪尖，接受风雨的洗礼。那种百折不挠，大义凛然的气概，使天地一时为你黯淡，使我觉得在你面前，自己是那么渺小。

是的，朋友，风再大，雨再大，与其逃避在屋檐下，不如在最高最险处，放手一搏。就算失败，也可以笑着说："我努力过。"面对生活中相遇的难题，总要鼓起勇气，拼过一回。不论下午的结果如何，我为自己争取过，不以成败论英雄。我不再害怕，也不再逃避。我要去面对，这比是否当选更加重要。

相遇，也许是不期而遇。也许，一次与美好的不期而遇，会驱散生活中所有的阴霾。

风停了，雨停了，立夏过后的雨来得快，去得也快，天空瞬间放晴了。洒满了阳光，一切都亮起来了。你展开双翅飞翔。你的身后，是蓝天……

后记

在下午的班会课上，如期进行了新一届的团员选举。阳光从窗外洒进来，暖暖的。我坦然地面对着黑板上班干部手中的粉笔。其实害怕又有什么用呢？平时你的为人和处世早已决定了结果，只是自己心里的小怪兽在作怪罢了。

后来，我以高票成功当选团员。在梦想了无数次的

　　灯光真的打下来，照亮了舞台，接到那梦寐的、明晃晃的团徽时，我又想起了你，想起了那告诉我坚强的一缕雪白……

我是猫

我是猫，我住在这所当地不错的高中校园里许多年了，那些黑底红条的、黄条的、蓝条的校服换了一届又一届，那些老师渐渐老去了，又有新鲜血液加入这支队伍。那座钟楼小山上的树苗已经长大了，那座水塘里的荷叶也开了好多季。每年总是有一个浮夸的摄像师在校前广场的雕塑前给这群学生拍毕业照，"三、二、一……"那个"一"总是被拉得特别长。然后一群学生离开，另一群学生又来到这里。

我是只猫，还是只野猫，长得不好看，灰的黑的白的橙的毛都有，还蹭破了好几块，有几道疤痕。唯一骄傲的是水绿色的那双眼睛，猫的眼睛是很神秘的，里面有一个宇宙。我在校园里自由得很，在图书馆门口眯个觉，睡饱了就穿过校前广场到超市门口。等上一阵子，总会有学生从超市走出来带火腿肠给我吃，有些学生会从家里给我带猫粮来。不管男生女生和我遇见，都要停下来和我玩上一阵，虽然学生发展处已经几次告诫她们注意安全问题。

猫的寿命不长，我有好几窝小猫了。学生们总是对小猫更感兴趣，但是小猫天生怕生。这种时候学生的火腿肠明显多一些，我也毫不客气地享用，然后叼进树丛里喂我的小猫。小猫渐渐长成了大猫，就离开我啦。假期的时候校园里张贴收养小猫的海报，它们有的就被带走了，有的离开了校园。

我是猫，一只没有名字的野猫。

4月

这样的四月天，居然出现了很多穿着其他学校校服的学生。今年学校要招收提前批的学生了。其中很大一部分我认识，天蓝色的外套，袖子上两条橄榄绿，是隔壁初中的。两所学校中间隔了一扇铁门。所以我常常翻到隔壁去玩。

这群学生略带稚气的面庞上写满了紧张与期待，四门功课七个小时。他们当中有人能够幸运地留下来，把今天他们走过的陌生的路走成自己青春的一部分。我坐在校前广场的雕像前，观望着他们走进教学楼。铃声响起，考生开始答题；铃声又响起，考试结束。当上午的考试全部结束以后，天蓝色校服的学生们成群结队地往回走，穿过那扇铁门，回自己学校休息。

我坐在图书馆门口，学生们像看侏罗纪时代的恐龙一样盯着我，我被看烦了，干脆卧在地上休息。"它的眼睛真好看。"我抬起头，撞见了另一双眼睛。不大，内双，睫毛很长但是诡异地下垂，反而显得眼睛更小了，一双人类女孩的眼睛撞见了我的眼睛。女孩不属于好看的那种类型，但是她的眼睛有点特别。猫一直引以为傲的是自己的眼睛，据说人类把门上的那个小孔叫作猫眼。猫的眼睛可比这诗意多啦。瞳孔竖直，眼球立体而透明。猫的眸子有各种各样的颜色，甚至还有异瞳。我独爱我这水绿色，没有春天芽绿的稚嫩，也没有夏天盛绿的浮躁，就是很纯粹的、淡淡的浅绿色，像是学校未名湖的湖水。

下午的考试顺利地结束了，我又目送着她回到学校。她和身边的伙伴们有说有笑，想必她发挥得不错吧。我开始有点期待，她能不能留下；我有点希望，能再次看见她。

我是猫，她是考生。我们在一个春天相遇。

7月

她被录取了。

学校有个中澳夏令营的传统，大概是一群澳大利亚的外教过来上几天课，新生也借此机会熟悉一下校园生活。每年的这个时候热得很，我喜欢待在超市门口蹭点冷气，顺带也会有很多火腿肠吃，或者是待在图书馆门口，那里树多，凉快。

她在学校继续上课，创新班并不参与夏令营的所有活动，例如看电影之类，转为小测验。这是一种特殊的待遇，是负担还是荣耀，她不知道。不过学校里新生一下子就多了，也不至于感到寂寞。

几个外教倒是蛮有意思，打头的是一个银发的中年老妇人——每年都是她。其他几个外教男女老少高矮胖瘦都不一样，各有各的性格。非常受欢迎的是一个年轻的小伙子和一个年轻的小姑娘。人类总是在一个陌生的环境中不自觉地寻找和自己最相像的人，或者是自己向往的样子。

我是只猫，猫是很聪明的动物，但还没聪明到听得懂英文。也许猫的语言就没有国籍之分。不过我还没有遇见过别的国家的猫，所以这仅仅是一种猜测罢了。我这一生，或许是不会遇见别的国家的猫的，似乎也不需要知道这个问题的答案。世界上的很多问题是没有答案的，还有很多问题不是没有答案，而是不需要答案。

现在越来越多的人喜欢去别的国家看看，越来越多的学生选择出国留学。我也想出去啊，可是猫是过不了海关的。熊猫可以，那是出于一些特殊的原因。而我只是只校园里的野猫。倘若有一天哪位好心人把我带出了这座城市，那也算得上是个奇迹，更别提出国了。

其实校园里这种交流的活动还是很多的，小到外省来的交流老师，大到外国来的交流学生。他们来的地方是什么样的呢？我不知道，其实我也很想知道，只是没有机会。但是他们经过我居住的校园，也算是一种奇妙的缘分，缘分是最说不清楚的。

有很多毕业生返校当助教，他们换下校服，我居然感到了陌生。天气还是异常炎热，为了节省电费，教室里中午和傍晚不开空调，学生们往往聚集在超市或者图书馆。新生也还没有换上统一的校服，一样的，来自一个学校的总喜欢走在一起。他们很快就会换上一样的校服，那个时候，他们将真正拥有相同的身份。

次年6月

6月是考试的季节。先是蓝条子的高三，新高考改革后，他们还要迎接最终的语数外三门考试。其实高考，一下子就让学校成了社会关注的中心。所谓"一考定终生"，我倒觉得这未免过于绝对。今天的他们，会把这次成绩当作生活的绝大部分，但是当他们走出校园以后呢？人类的社会过于复杂，在他们的人生中某个阶段极其重要的东西，终究会过去，然后他们去追求的东西又不一样了。"每当我找到人生的意义，它就变了。"

"从来不是让你把一次考试当成人生成败的赌注，只是想让你在年轻的时候体会一次全力以赴。"

这一天，所有的人都会为高考祝福，出租车司机免费接送考生，校门口的纺工路暂时封道，连平常严厉的保安奶奶也会与你击掌祝福。或许这场考试的意义，远远不止一个分数，一个排名。

不知是什么力量，让她想要转弯路过学校看看。骑车过马路时抬眼望见了班主任，赶紧逃离。不过她和他们班在最后一天悄悄溜进了高三新教学楼一楼最东边的教室。我看见几十个红条子的少年混在隔壁蓝底橄榄绿的校服和本校蓝条子的校服之间。我很好奇，他们要干什么。最后铃响前，他们又溜了回来。他们只是偷偷地溜到一年只开一次的喷泉后边，目送着蓝色的身影入场，几个胆大的溜到了考场外又从艺术楼跑回来了。他们回新教学楼，也开始了考试。

当考生们走出考场的时候，他们每个人都带着胜利者凯旋的骄傲。我知道，每年如此。我目送着他们离开，他们要走向更远的地方了。

下个礼拜是隔壁的中考，学生们的广播操和体育课都暂停了，上课铃也调轻了——中考也一样重要。我又在操场上看见她了，她望着铁门那一边出神。她趁高考假期回去看了看以前的老师和同学，不知为何每次都可以停留很久很久。她的中考对她而言只是一个仪式，而对她很在意的一群少年来说却成了遗憾。

"我最大的遗憾是你的遗憾里有我。"我猜不出她在想什么。

月底，她要期末考，还要学考。竞赛不得不先放一放，却还是忙得焦头烂额。学校的操场和篮球场开始改造了，所以她每天就不跑步了，我很少看见她下楼了。高三走了以后，学校里清静了不少，不过我时常得饿肚子了。所有的学生都忙。

一年的生活，她对考试已经波澜不惊了。六月是梅雨的季节，撑着伞的每一个学生都行色匆匆。我饿得发慌，百无聊赖地在食堂前溜达。她看到我，停了下来。我疯狂地在她脚边蹭来蹭去，我太饿了。她蹲了下来，我躺了下来，我们的眸子如一年前那样再次相遇了。这一年她的变化不大，眼神里多了一点儿疲惫，但还是有神采。

月底，期末考，学考。期末是全科目全市的联考，这所学校毫无疑问地拿下第一。接着是一场比较正式的省里组织的学考，我又看见蓝底橄榄绿的，还有土黄色袖子领子的校服，与这些红条子的少年一起，在校前广场候考——每年的风景都不大一样，但每年的少年又很像。据说高考的制度又调整了，这一年6月他们就将迎来这三年考试开始的序曲。我看见她，她和红条子的少年们走在一道，偶遇了几个蓝底的老朋友，照例寒暄几句。他们的选课都不一样，谁会想到，当初那些站在一起做梦的少年，变化会这么大呢。一年，时间真是个奇妙的东西。

第一门历史，想必这一届的学生也是第一次听到那些我早已听惯了的广播——关于考试须知啊、考试开始的指令之类的。他们会有点小兴奋吧，有的人会有点紧张。接着是物理，物理所有考生都在喊难。呵，果真，物理啊。她最怕的是第二天的地理，考完地理仿佛放下了一个重大的包袱。那天下暴雨，她没有带伞，不过等到同班的女生合撑一把。

学考到月底也就结束了，6月也结束了。

次年7月

学考结束以后，高一——不对，应该说是新高二，就放假了。因为新一届的高一又来中澳夏令营了。新高三也回来补课。还有，她和他们班，原因不必我细说。

一如既往，就算是暑假，学校里也并不冷清，就像学生们的暑假里也并不轻松一样吧。又是一批新的面孔，又是作别一批熟悉的面庞，又是一群新的人站到了人生的新节点。

其实7月她待在学校里的时间并不是很长。他们班其实挺闹腾的，一个班搞得一层楼，甚至一栋楼都不得安宁。食堂门口贴了欢迎新高一同学前来用餐的字样，他们就用手指蘸了粉笔灰给上面加上一道——这下子就成了欢迎他们一个班的新高二了。后来又贴了"欢迎新高三"，就被他们又抹去了一道……

对了，7月他们还会体验第一次查成绩。或多或少，下学期都能少学几门课了。有些科目已经完成了在他们的高中成绩单上的历史使命，但他们今后的人生中并不会与此完全无关，它们必将以某种方式与他们重逢。很多事情都是这样，到了该说再见的时候就要勇敢地挥手，留回忆下酒，待他日重逢。所以告别、重逢、回忆这样的话题总是在人类的一生中占了很大一部分。

这就是我最佩服人类的一点，他们敢付出感情。幸好，我是只不动感情的猫。

次年10月

现在的她，是一个学姐了。不得不说，她有些手忙脚乱、手足无措的感觉。新生们是第一次做新生，她也是第一次做一个学姐。她发现，要学习的事情还有很多。

现在的我，是一只老猫了。我的子孙后代们在校园里安家，而我，一只断了尾巴的老猫，脸上又添了新伤。我不再活跃在超市图书馆，可是我仍在守护着她，守护着他们长大。

也许有一天我真的老了，然后死掉。她会记得，我是猫，这个校园里的猫。

晚来天欲雪

"晚来天欲雪，能饮一杯无？"一直很喜欢这句诗，不仅有盼雪终得的喜悦，还有与老友温酒叙旧的惬意。可惜我的江南小城却鲜有下雪的冬。

"你们看窗外！"英语课上到一半，素有"三大女魔头"之首之称的英语老师放下手中的课本。

落雪了！2018年的第一场雪悄然而至。

平日里装满了多普勒效应、惠更斯原理的脑袋齐刷刷地转向窗外。高中生看似老成的面庞上，眸子里透出孩子般的惊喜。"下雪的时候要和心爱的人一起走一走，走着走着就白了头；可是嘉兴老是下雨，走着走着脑子就进了水。"老师开起了玩笑，我们都笑了。一下课，两个姑娘脑子进水般到操场冲了几圈，白色的雪花飘落在乌黑的发梢，大口大口地呼吸着寒冷的空气，快活啊！

十年了，小城未落那么大的雪。记得还是2008年的时候，和父母回老家过年，路上下起了大雪。老家有座危桥，建的时候不留神窄了几尺，两辆车在桥中央尴尬地相遇，费了好大劲才挤过去。回到家里，外公在院里搭了一个雪桥，上面可以走人。他怕我回家的时候，院子里的雪都化了，又把雪都堆起来，砌了老高的一个雪塔。果真，当别人家的雪都化了的时候，只有我家的院子里还有老高的一个雪塔，邻居家的孩子都投来羡慕的目光。我心里自然是得意极了。

很抱歉，接下来的课我的心思都被窗外的雪精灵拐跑了。眼看着校园里的景渐渐染上白色，心中窃喜不已。山上钟楼的塔顶染上了白霜，葱绿的树叶上也被白雪装点得富有层次感；湖边的柳枝上提前飘起了柳絮，湖中央的亭子安安静静地落在雪色里。

下了课，两幢楼的学生全都冲到中间的花坛里来了。雪球大战一触即发，一个个身手不凡。关系好的，把雪球塞到对方脖子里恶作剧，虽然"透心凉"，但是果真"心飞扬"；不认识的，丢了一个雪球，两目相对会心一笑，就都成了朋友。我们几个人找了校园里一处人少的草地，商量着堆个大雪人。天上雪未停，手指也冻得发疼，我们却乐此不疲。看着雪球越滚越大，心里满足极了。雪中夹杂着秋天留下的枫树叶子，形状也歪歪扭扭的，可是我们越堆越高。我去河边捡了根柳树枝修了修雪人的脑袋，伙伴捡来一个大红色的标志筒，堆满雪，做了一个锥形的帽子。这下子，它不仅比我高了，比几个男孩子也要高出一截。"这一定是我们学校最高的雪人了。"

十年前，记得哥哥带着我和邻居家的小姐姐一道在老家的水门汀上堆雪人，巧手的姐姐用香烟壳子把雪人装饰成老鼠的模样。十年后，我们在校园里用山楂片和树枝，装饰了校园里最高的一个雪人，它有一顶红色的标志筒帽子，还有一个用树枝弯成的"9"——那是我们的班级。似乎一下雪，期末复习的辛苦和劳累都可以扔掉。我们还是十年前孩子的模样，欢笑在和十年前一样如诗如画的江南的冬景里。

想必现在老家也下雪了吧。老房子快要拆迁了，邻居们也住进了城里的大房子。外公的雪桥和雪塔还在吗？那只雪老鼠还在吗？

晚自习下课的铃声响起的时候，从书中抬起昏昏沉沉的脑袋。外面的雪还是下个不停，越下越大了。教室的北窗上结了水汽，我们开始在窗玻璃上画画了。教室里的灯光把我们的脸庞映在水汽结成的那一片上，黑暗中可以模模糊糊地看到，那奔跑在飞雪里的赤子之心。

刚刚好，雪翩翩而至。愿意将所有的诗意酿成迎接春天的美酒，朋友，干杯！

我的生活奢侈品

对于高中生来说，最奢侈的就是时间。

女孩从食堂拥挤的人群中匆匆逃离，转身闪进了图书馆，轻车熟路地穿过大厅溜上二楼，悄悄地从怀里取出钥匙。"咔嗒！"门开了，长舒一口气。

门外墙上的木板上刻着"文学社"的字样，而那个女孩子就是我。拉上窗帘，打开空调，摆好桌椅，从书架上取下一本喜欢的小书，开始等待同伴的到来。

听到上楼的脚步声，我的嘴角不经意地扬起一抹微笑，他们来了。十来个少年围着长桌坐下，"我们今天的话题是什么？"一场思维和灵感的盛宴即将开始：你身体里的每一个原子，都曾是星辰——关于理科生的文艺。"那么谁先开始？"第一个男孩子走上了讲台。刚开始，显然有些紧张，渐渐地，语言开始自然地流淌出来。我们仔细地聆听，或许某一刻，某一句话会打开思维的某个开关，一下子豁然开朗。完毕，掌声四起，真挚而热烈。

从简谐运动公式的美丽，到勒夏特列原理、楞次定律、负反馈调节的哲思，感受数学大师"天道几何，万品流形先自守；变分无限，孤心测度有同伦"的情怀，赞美身边同行的少年忠于热爱的感动。我们在理性当中寻找文艺，一个接一个地发表了自己的观点。直到太阳渐渐落山，下课铃声即将响起。这四十分钟里，作业和考试可以先放下，回答一些青春的困惑，思考一些未来的模样。这是少年眼里世界最初的模样。"所谓文理，不过是通往世界的不同路径罢了。"我们会心一笑，一场研讨会圆满结束。

是的，我们是一群理科生。但文学的力量使我们的内心柔软且有力量。如此这般，"春""微尘众""最后的晚餐"……我们讨论的不仅仅是一个话题，更在为自己的灵魂寻找共鸣。在这个最好的年纪，一起面对这个世界，形成一个尽可能全面的世界观，用自己的方式，认知并且热爱它。

在紧张的学业和竞赛中，抽出一点儿时间，或许我们的想法还很稚嫩，但是这样简单的、聊天式的研讨会，就是我们对文学、对生活的奢侈享受。文理本身就是一个完整的人才应该互补兼修的，才不会冷酷到机械，也不会感性成脆弱。正如勒夏特列原理寻求的那一种平衡，这真的是很奢侈的东西。

我愿意用最奢侈的时间，去寻找一点儿最奢侈的幸福。

冷露无声湿桂花

"中庭地白树栖鸦，冷露无声湿桂花。"当中秋月圆，桂花香阵阵的时候，是最适合于怀念挚友的。

认识她，是在那个桂花很香很香的季节。初中陌生的班级里，彼此熟识，算是很晚。第一次记住的不是她的名字，而是那双眼睛。不是那种水汪汪的大眼睛，是小小的、细细的，眸子里清澈得没有一丝杂尘。黑色的短发齐耳，从额头上的中线服服帖帖地流下来，乖巧地贴在耳边。她笑的时候真的很好看，眼睛和眉毛弯弯的，嘴巴也是弯弯的。少许突出来些的牙齿，漏出来一点儿，总是让我想到某只仓鼠。她散发着一种让人心情变好的魔力，像桂花香一样，无声地飘进了每个人的心房，甜甜的，暖暖的，如午后的阳光。

所以，我觉得她是像极了桂花的。

桂花虽小，却努力绽放。她对于学习，有着一种叫人害怕的冲劲儿。她手中总是攥着一支笔，一张卷子，几张草稿，便是一个晚上。那支笔是有故事可讲的，自动的铅笔，蓝色的塑料壳早就断开了，裹着一层厚厚的透明胶带。在她右手大拇指第一节和第二节相接的地方，有一个很厚的茧。就是写字写出来的，她握笔的姿势就从来没有对过，半个拇指是翘在外面的，包住食指，紧紧地捏住。时间长了，也就有了茧。它无声地证明了它的主人有多么痴迷于学习，所以注定了她在班中固若金汤的学霸地位。

不过握笔是不会影响她写字的。她的字迹亦如桂花一样秀气，是班上最好看的。端端正正，没有飞舞的"龙和凤"，又没有飘忽不定的横竖撇捺。像是刻在石碑上那么稳重，又像是阅兵那样整齐。她做事也是一样的，很认真。

她喜欢给别人讲题，往往都会很耐心。桂花怡人的清芬，是甘于奉献他人的。在作业本上指指点点，一下子就点破了出题人费尽心思隐藏的天机。偶尔还会伸出手指比画一下。

但是不得不说她是个羞涩得有些胆小的女孩子。"你确定？"她总是会试探一句，"好吧。"年级里的演讲，她纠结了一天，我就拉着她的手，告诉她放轻松，却一上台就忘词；800米的体育考试，她又紧张一个晚上，我教给她怎么呼吸、怎么摆臂，却最后一定要和我一起下次再考。好吧，真的是一朵桂花，一朵羞涩的桂花。

在紧张的学习之余，我盼望着学校里那棵大桂花树迷人的桂花香。可是桂花恨其开花的时间太短，可是，她是我不变的桂花香。

那是一个暴雨的天气，人的心情总是会变得很差。楼下的桂花在一夜之间打落了不少。楼道上还不时有令人反感的雨水漏下来，滴滴答答，湿漉漉的。早晨去送作业，我无奈地望着其他几个课代表空空如也的座位，抱起作业往办公室走。好在作业并不多，但是最让人讨厌的就是蹚过两幢教学楼之间的水潭。我皱了皱眉，正要往水潭里走，忽然听到背后模模糊糊的似乎有人在叫我的名字。可惜被雨声冲散了，听不大清楚。我转过头，看到了一个熟悉的身影。正如雨天中唯一的一束明媚，正一路小跑着过来。没有多说什么，从我怀里抱走了半叠作业。于是，两个女孩子就在这个暴雨天，一起跨过了一个个水潭。

那时，我又闻到了桂花的香，很香很香。

我们的友情，都只是些学习生活中点滴的碎屑。似那桂花香，绚丽了整个秋天。

桂花又开，一年过去，有一个人一直和我一块儿，走过四季。她与我的故事，就算冷露湿了桂花，也有那无声的感动蔓延整个春夏秋冬。

鹏程万里

鹏举搏苍旻，鲲出纵寰宇。

人生最幸运的事情，莫过于行路遇到优秀的人。其中很多人都值得好好写一写，他也是。虽然后来我又遇见了很多光芒万丈的人，但是我始终认为，他是我遇见过最优秀的一个。

貌不惊人，头大且圆，架着一副眼镜，俨然一派学术气质。刚认识他的时候他坐第一排，不过这个年纪的男孩子身高蹿得飞快，毕业的时候他就坐倒数第二排了。脖子修长，不过有一点儿歪，肩膀习惯性地缩着，背也有一点儿驼。人赠外号"龟"，除了相貌上确实相似以外，做事不紧不慢的性格也像极了他。字如其人，棱角圆整，个个整齐大方，很有特点，一下子就能认出来。此外，班上会写毛笔字的，就是我和他两个人。

第一次接触他是在新生军训的联欢会上，班级里排练节目，班主任鼓励大家各显神通。当时我们班的节目是朗诵《少年中国说》，挑了两个会写毛笔字的同学，写的内容是"前途似海，来日方长"。我当时挑了个笔画少的"来日方长"，写的是隶书；他是"前途似海"，写的是行书。当时就在办公室旁的小会议室里，两个人无声地练着。

他是典型的别人家的孩子，经常考年级第一，印象中他考得最差的一次是年级第五。我唯一一次考得比他好，是因为他参加竞赛缺考。刚报到的第一天，老师慧眼识人，把班级的钥匙交给了那个第一排头最大的男生。事实证明，他后来每天开门锁门、开窗关窗没有一天落下过。据说每个班都有一个"楼主"，不知道这外号是谁起的，传遍了师生之间。他是班长，虽然当时还有两个男生报名竞选，说是分散男生们的选票，我还是和他差了一票。就这样，我当了团支书，直到最后一个学期老师见我们当厌了各自的职位，于是互换了一下。

真正开始了解这样一个似乎被奉为神一样的人物，是成了前后桌以后。他是真的很聪明，极其擅长学习和考试这些事情。学神和学霸的区别可能就在于，他从来不在下课或者午休的时候做题，等到自修的时候作业总是高效率高质量让人叹为观止。那些让人抓狂的理科题，被行云流水般解答出来；那些生涩孤僻的古诗句，被准确无误地默写完毕。初三还没开始，早已被省内最好的高中录取的他，还能抽出预习和学竞赛的时间来，让人望尘莫及。

当然也不是说这样的人物是完美的，众人总是喜欢拿看起来完美的人身上不完美的地方开玩笑。比如他的体育，至今仍成为各大班主任教育学生们的素材："体育不好你考年级第一也没有用。"他当真是年级第一，也当真因为体育拿了个"C"没评上三好学生。不过这些都是历史，最后体育中考的时候1000米也是妥妥地满分。我不知道这中间他做出了什么努力，不过想来这样的改变也不是一蹴而就的。这就更让人佩服他了：真正厉害的不是把天赋发挥到了极致，而是克服了那些自己不擅长的东西。

我们总是以为智商高意味着情商低。表面上看起来确实是这样子：他呆头呆脑的，老是被欺负。记得有次社思考试前有人故意拿走了他的资料和书，急得他几乎要掉眼泪。还有好几次，打闹的时候脱了他的鞋跑开的，那个样子滑稽极了。这种事情他似乎一直不争不抢。直到很久以后，我才认识到"大智若愚"这个词的意义。静言思之，发现他完美地做到了这四个字。当时文学社出去采风，要拍一个视频。身为社长，我第一次担任导演这个角色，手忙脚乱，身心俱疲。他是我找来出镜的主持人，一直不温不火地配合着，一些别人都不愿意做的镜头他也不推辞。别的同学都在到处玩耍，拍视频的他却无怨无悔。

回来以后大概占用了他两个月的午休时间剪辑视频。

我们两个都不会，我常常提出一些有点过分的想法和要求，自己却不怎么动手，他会一点点地努力去实现。可惜那个时候的我还不懂得欣赏这样为人的艺术，现在回想起来内心是充满感激的，还混杂着一点儿愧疚。

不是每个班的班长和团支书都能如此合作愉快，但是我庆幸自己遇到了那么优秀的伙伴。初三，中考提上日程，班主任叫我们两个写毛笔字挂在墙上，内容是她指定的。我又毫不羞耻地挑了字少的那张。百日誓师，我们班的节目又是朗诵，又找我们两个写字：我写的是"大鹏一日同风起"，他写的是"扶摇直上九万里"。朗诵节目是我们两个一起弄的，选材、串词、PPT、配乐、排练……这个过程留给我的感觉正如那句词："恰同学少年，风华正茂；书生意气，挥斥方遒。"第一次站在人生的转折点上，第一次和一群人一起做梦。

他从不吝啬自己的才华，也从不高估自己的能力。比起班里其他成绩好的同学，我们总是更愿意问他题目。一来他的解答有时候甚至比老师的更加巧妙，二来他的耐心让人总是觉得很舒服。如果碰巧我有教他题目的机会，往往内心还是有点小骄傲的。后来大家准备隔壁重点高中的提前招生考试。位居校荐排行第一的他，因为早已被更好的学校内定了，可以放弃考试的。再说那段时间铺天盖地的数学、科学卷子压得人喘不过气来。可是他一张一张地做完了，比我们做得都快。于是乎可以很自然地向他请教不会的题，我也因此没有像很多人一样因为题目太难落下太多卷子。

那个时候的我在能够考上的那根线边缘徘徊，加上之前申请的学校屡屡挫败，内心压力是非常大的。每天做题做得昏昏沉沉的，加上理科不突出的缘故，那段时间我的精神状态极差，情绪起伏极大，身边不少朋友都疏远了。某一天晚自习结束，教室里零零落落地还剩几个人。我已经不大记得自己说了什么，大概是觉得自己考上的希望渺茫之类的话。他笑呵呵地和我说："confidence（自信）很重要。"现在，他大概也不记得自己说过这句话了，不过就在那一瞬间，我似乎整个人的心结都被打开了。于是后来我无比淡定从容地坐在考场上，记得那次语文的小作文是关于压力的，我用了誓师朗诵时他写的串词："九万里风将起，蓄势待发；长风破浪时至，剑指苍穹。"没有压力就没有风，没有风鲲鹏怎样扶摇直上呢？

这个时候我才发现，他最优秀的，是对自己的自信，这种自信不是盲目的，是对自己实力的觉知，对未知挑战的无畏。不是只有优秀的人才能有自信，而是自信的人可以变得更优秀。这样的自信，源于优秀，辅佐优秀。上升到集体，是《无问西东》里清华人的自信；上升到国家，是中华儿女的自信。因为自信，所以骄傲。我很幸运，遇到了那么优秀的对手，也成了那么优秀的队友。当初少年的那句朴实无华的语言，触动了灵魂，化为了气质。

后来，我被录取了。他去了异乡更好的学校，难得与我们还有联系。我们在外地参加某个比赛的时候意外地偶遇过，又匆匆告别，踏上征程。我相信就如当初我们写下的那样："前途似海，来日方长。"

愿君鹏程万里。

我和陆先生的那些事

陆先生何许人也？我的初中语文老师是也。其实陆先生是她自己封的雅号，平日里大家都喜欢叫她"陆姐姐"。

犹记得第一次见到这位陆先生：她大步流星地走进教室，把语文书往桌上一拍，二话不说抓起粉笔潇洒地写下三个大字：陆沁韵。然后潇洒地一转身，马尾辫一甩，站直了身子，大声地和我们问好。同学们显然都被她的"潇洒豪迈"镇住了，愣了好一会儿才反应过来。刚一抬头，就被眼前人那小鹿般清澈、美丽的眼睛捕捉了。

从此陆先生正式成了我们的语文老师。她有着一种奇特的魔力，彻底地征服了我们。从第一次语文作业开始，我就恨不得用尽我那少得可怜的"毕生所学"去讨好这位陆先生。可是每一次作业本发下来，都只有一个简单明了的"阅"字，不免让我有些失望。这时候，反而激发了我的斗志，我充分发扬了死皮赖脸斗争到底的精神，依然认认真真地去完成每一次的作业。渐渐地红色的波浪终于开始在我的作业本上涌动了，有一次陆先生在我的本子上留下了长长的一段话。我兴奋得想要飞起来，迫不及待地反复阅读——她说我是"蕙质兰心"的女孩，充分地满足了我那小小的虚荣心。眼前仿佛浮现了她那对我充满期待的小鹿般的眼睛，我，从此喜欢上了语文。

后来，陆先生拿来了文学社的通知，鼓励大家加入。同学们都踊跃地报了名，我当然也不例外。她让我们大家改写一首小诗，我仔仔细细地像她说的那样"推敲"每一个字，满怀期待地交给了她。幸运的是，我成功拿到了新社员的名额。那一个大大的"阅"格外地醒目。加入文学社后，我写作的热情高涨，整个人有些许飘飘然了。第一次的征稿，我又是满怀期待地交了一篇修改了很久的习作。我，开始热爱语文了。

但是在飘着油墨香的新社刊发下来的时候，我却没有找到自己的名字。那一段时间，我失落极了，写文章也开始疏懒起来。我开始应付每天的作业，能不写则不写。直到有一天她在课上拿了我的习作来找我，用红笔一句句地改正，红色的笔迹渐渐爬满了整张作文纸。我有些厌烦了，可是她仍旧耐心地讲下去。我感觉委屈极了，对她的话我也是一只耳朵进，一只耳朵出。下课铃响了，她让我周末改好了再给她看。回到家，心早就飞了，等到我坐到书桌前，早已没有了改文章的兴致。忽然，眼前又闪过她那充满期待的、小鹿般的眼睛，不妨再试一次？我重拾了当初的那份信心和勇气，认认真真地修改好了文章。前前后后她和我一起修改了五六次，终于我们都对这篇文章感到十分满意。我，非常热爱语文了。

从那以后，我经常死皮赖脸地找她修改文章。每次总是要修改很久，但是她也从来不厌烦。终于，社刊上有了我的文章。新年的第一天，她替我投稿的文章终于在报纸上发表了。我兴奋极了，她在电话的那一头也兴奋极了。接近两年来我确实成长了不少。我，彻底地热爱上了语文。

新年伊始，每当停下笔，我的眼前就会重新浮现她那双敏锐、活泼的眼睛，像小鹿一般，便更加坚定了对语文的那份热爱。

渐闻小溪潺潺

自进嘉中以来，幸得崇山峻岭、茂林修竹，渐闻小溪潺潺而泻出于两峰之间者，高一九班语文老师是也。

不故弄玄虚了，小溪潺潺本人，短发、高挑，行事雷厉风行，江湖人称"闪电侠"，传闻其一步三级台阶，上楼若旋风之势；说话沉郁顿挫，有醍醐灌顶之效，令人难以在其课堂上安然入睡（除第一排刻苦用功熬夜的某位同学外）。为九班十班同学所敬爱，代课他班亦收获粉丝无数。

此半年来，身在此山中收获颇丰，幸甚至哉！而印象最为深刻者，为一清风朗月之秋夜。

当时参加一朗诵比赛，稿件冗长时间有限，删繁就简奈何不忍割爱，困之许久，求教于小溪潺潺。先诵之，尚可。此稿件乃杨炼所写《飞天》，初读晦涩难懂，迷迷糊糊不知所云，再读若有所思，再深入了解则叹其结构精妙、立意深远。每句每字均视若珍宝，吾滔滔不绝，急于获得解决之道。小溪潺潺笑道，这些想法为何不写下来呢？还想辩解却受阻止，只好转身动笔。

作业颇多，心中烦躁，奈何多写这样一份东西！不敢埋怨，着手下笔，竭尽所能欲表现自己的见解深刻。随着文字在笔端渐渐流淌出来，果真有豁然开朗之感：有诗句云"歌唱，在这儿，是年轻力壮的苍蝇的特长"。通观全篇，虽突兀怪异但惜其笔法独特，以事物的美好与消极为对比，突出主旨抓住人心。在写作之时，视其后也有诗云："我萌芽，还是与少女们的尸骨对话。"此句亦有异曲同工之妙。动笔收获不小，大喜，告之小溪潺潺，同喜。

凭借删改过的诗稿和一点儿小运气，获得了参加省赛的资格，亦为小溪潺潺赢得一指导奖。之后不敢怠慢，小溪潺潺访名师指导，于中秋前某一秋夜晚自习，领我前往。对方是一位颇为专业的老师，指点了家乡人惯有的舌尖音等细节问题，我深有感触。辞之，我与她相与步于校园小山丘下。朗月当空，清风穿林，风声作响如私语，池塘中亦有树木丛影。吾等两人非闲人也，却得此诗意意境。相谈甚欢，"我觉得有些地方还是按照自己原来的断句比较顺。"她突然止步，我也猛地停下，她抓住我的手认真地说："现在也只能听听各方指导，关键还在于你自己决定。"我含糊地答应了，心里有一种莫名的踏实。

中秋赴千岛湖，美名曰"文渊狮城巅峰对决"。高手如云，丝毫未惧。陶醉于节目中，遗憾超时扣分与一等奖仅仅一名之差，未能为小溪潺潺再获一奖。但一路收获之丰盛，此行不亏。

后来考试中以此事作文，获得高分欣喜不已。小溪潺潺亦作文记自己少年时代朗诵比赛经历，让我感叹。

丁酉之年，遇小溪潺潺已有大半年。受高考分班的选择，不知道能否继续成为她的学生。这半年来，语文成绩起起落落，各类征文我与她精心修改奈何石沉大海。除课堂精心安排外，也有练字、互评摘记等语文活动，丰富多彩。记得初遇小溪潺潺之时作文《我与语文、语文老师》，对语文之热爱，难以逃开这些优秀的语文老师，而她更是其中特别的一位。

渐闻小溪潺潺而泻出于两峰之间者，吾之幸也。

书卷相亲

自古书卷似故人，晨昏忧乐每相亲。

苦旅不苦

——读《文化苦旅》有感

有一个人，一场苦旅，在一个夏天猝不及防地拜访，从此彻底地改变了我的内心世界。

这个人，是余秋雨；这本书，是《文化苦旅》；那个夏天，是"小升初"的那个暑假。

那个时候的我，兴奋、茫然。兴奋的是终于进入了理想的初中，茫然的是接下来的三年，我会变成什么样子呢？

在这个时候，阅读是最能够使人明智的。在书店的转角与这本书偶遇以后，一段阅读"苦旅"从此开始。追随余秋雨的笔触，细细地体味那些历史，与一花一世界、一叶一菩提对话，细水长流，娓娓道来。他以细腻的笔触叙景，以真挚的情感抒情。敦煌莫高窟的神秘、杭州故事的婉约、天一阁的辛酸过往……在我眼前缓缓拉开了序幕，充盈了我的精神世界。

这些故事触动了我的某一根心弦，便余音绕梁，不再散去。举个例子来说，《黄州突围》中的苏轼就深深地触动过我。从前，我只是在诗词中领略他的文采，懵懵懂懂地知道一点儿豪放派。后来由于学习书法的原因，我渐渐接触到了苏轼的字，例如《前后赤壁赋》《黄州寒食帖》。苏轼也擅长于绘画，十分富有才华。但是，我却始终不知道他的经历、他的性格。读完这篇文章后，我迟迟合不上书页。这是一种内心最深处的震撼，久久不止。他在被贬后内心的挣扎、在冷静后对自身的思考、在逆境中乐观的豁达……如果没有这些，如何成就一个苏轼？一个前无古人、后无来者、独一无二的苏轼？再回过头来思考，苏轼的诗词歌赋、书画作品豪放中不失婉约的风格，也正是来自他的性格。最终足以成就一代文豪。

《文化苦旅》中的故事就这样不断地补充我的认识，丰富我的视野，我从中真正地成长了许多，也终于做好了成为一名初中生的准备。在它的帮助下，我洗去那幼稚、无知，全新的我整装待发。

一年后的暑假，已经经历了一年初中生活的我还没有来得及感谢《文化苦旅》，就接触到了另一本书《吾家小史》。这本书的作者同样是余秋雨，书中的某些片段补充了《文化苦旅》背后的一些故事。余秋雨曾经是一位年轻的教授，二十多年前，他毅然辞职，以学生的心态，踏足一场文化的苦旅。他跋山涉水，访问一位位无声的老师，再将自己的经历虔诚地记录下来，无私慷慨地奉献给读者。一路上他历经坎坷与危险，顶着流言蜚语的巨大压力，只因为那一句"忍受小灾难，呼唤大善良"，从此"唤不出还是唤，一生只做一件事"。或许他的经历与苏轼有很多相似之处。曾经的他们，都在很年轻的时候就取得了令人钦羡的成就。后来，或是因为突如其来的变故，或是因为自己的选择，发生了彻底的变化。在困难与艰险的绝境中，奠定了成功。所以说，成功都不是随随便便地得来的，成功的人必先学会豁达。如果说"天将降大任于斯人也"，必将经受磨难，那么又有多少人准备好了呢？

有趣的是，尽管我十分喜爱《文化苦旅》，也阅读了许多余秋雨其他的作品，甚至看到一篇文章，我能够马上认出是余秋雨的作品，可是当我看到余秋雨的照片时，我却是认不出来的。后来想想我其实也不必愧疚，能够认出他的文字就足矣了。

在我看来，这固然是一场苦旅，但是旅程中能够收获精神的丰盈，影响许多的人，又有什么苦可言的呢？我想，这大概就是余秋雨一直坚持的原因吧。而我待在家里，窝在沙发里，足不出户就可以看遍文化风景，何乐而不为呢？

有一个暑假班主任布置全班阅读《文化苦旅》，开学后让大家即兴演讲。我兴奋地发现，许多同学的看法我是没有想到的，是与我不一样的。遗憾的是，还没有轮到我，

活动就结束了。可是我仍然乐在其中。是啊，好书就应该
是大家一起阅读的，这其中也有一番别样的趣味。

在一个人的人生旅程中，总有那么一本书会在必要的
时候出现，从而彻底地影响了你。如果一定要说人生是一
场苦旅的话，那么，一路上有好书、良师、益友陪伴，苦
也是一种甜。

藏不住的海

——读《皮囊》有感

"海是藏不住的。"

初读《皮囊》，我正在中国东海的一个小岛上。我的面前是一片浩瀚海洋。在海风和海浪声的氤氲中，我偶然瞥见了这一故事——《海是藏不住的》，它正如海的气息一样咸咸的。

我面前的海潮起潮落，泛着细小的白色浪花，漾开的碧蓝是那样深邃又那样神秘莫测。海的美丽，是不是那女巫蛊惑的歌声，吸引了我，也吸引了许多人。在我的眼中和我的心里，海一直都是无边无际的啊！怎样才能藏住这一片海？为什么要藏住这样美的海？为什么越是藏，就会越是好奇。掩卷三思，唏嘘不已。我的心绪如海一样，汹涌澎湃，久久不能平静。海的气息，咸得有些呛人。

我在海的风声中，合上书本，静静地步入了海的天地：海是美丽的，但同样也是危险的。对于那片被藏住的海的向往，不仅仅是向往那份美丽，也不是不知道那份危险。或许更多的是出于一种孩子般的好奇，使得原来普通的海变成了一个神秘的地方。成了向往却又不可即的伊甸园。出于那种不甘情愿的叛逆，那种如同亚当和夏娃偷吃禁果的心理，总是想要去靠近。但是当真正接触到海之后，才发现那片海如此直白地出现，就像哥伦布发现了美洲新大陆，所有人都一下子乱了手脚。不知道应该怎样去相处，也不知道怎样去应对，而且总要为此付出一些小小的代价。在许许多多的尝试、失败之后，又总会有一天找到一种彼此接受、包容的方式，找到最适合的距离。正如我，于这片海，尽管朋友劝了多次，我也不想下海去游泳，那沾一身盐灰回来叫人难受。我喜欢的是海风送来带有微微咸的新鲜味道，然后在海浪声的萦绕中，读一些美丽的文字，走入一方净土。

再读《皮囊》，是晚自修结束，拖着疲惫的身躯倚在床边，随意地翻开床头那本已落满灰尘的书。仿佛，又嗅到了海，咸咸的味道。

我渐渐地回到海边的那个故事。这个时候，我就觉得海不再是单纯的海。它可以是许许多多的东西。它们都是由于各种各样的原因被藏起来，藏的方式也可能不尽相同。但是都一样神秘，有吸引力，都有着一样的结果——世界上没有什么东西是会被永远藏住的。所有的海都合乎这些特点，被爸爸妈妈在背后藏起的糖果；在表面的情义背后掩藏的利益；在人类过度开发背后自然资源的不断衰竭……它可以是生活中的每一个景色，每一个人，每一件事。海，是心海。它总是无比地辽阔，无比地神秘，被女巫的歌声蛊惑着，叫人心烦意乱。有时候还不只存在着一片海。可是再怎样掩藏，始终都要去面对，这就需要一种彼此和谐的方式。

如果想找这个正确的方式，合适的距离，那么有时候需要付出的代价，恐怕不仅仅是一次晕船了吧？牙齿和糖找不到相处的方式，就会产生蛀牙；义与利找不到相处的方式，就会产生混乱；人与自然找不到相处的方式，就会共同走向毁灭……看来，后果真的挺严重。

再看书中形形色色的人，他们有着相似的皮囊，却有着不一样的灵魂。是一片片不一样的海，同时他们也相遇着一片片不同的海。这本书以那么朴实和真诚的语言，一笔笔直白地刻画在内心的深处，拷问着一些被逃避的海，我们必须回答的问题。我一定要找到和每片海相处的距离，找到欣赏他们最好的方式。我们可以把这么多的故事，看作作者——一个人生旅途中平凡的行者，可以观赏这么多的人，这么多的距离，这么多的故事。其实，我们每一个人都有着关于自己的不同的海，而且我们每一个人本身，都是不同的海。

"海藏不住，也圈不住。"对待海最好的方式，就是让每个人自己去寻找和它相处的方式。在生活中，我们不可避免地相遇各种各样的海，串联起一个个优美的故事，就刻在回忆里。我们必须意识到它们永远不可能被掩藏住。我想，对于我来说，对于这个年纪的所有中学生来说，有这样一片无比浩瀚的海叫作学习。许多人被其淹没，也有许多人搏击风浪。不是狭义上的在学校里，而是在生活的方方面面。对于这片学海，大多数是我们自己小心地藏起来的。有时候不是多么害怕付出，是害怕失败，害怕接受新事物，更害怕努力付诸东流。然而逃避、厌恶这个过程，带来的只是无法进步、碌碌无为。于是再逃避，再掩藏，如此循环下去，可谓自暴自弃了。我想，我对于学习的相处方式，是接受，并尝试享受。因为我相信努力总是有用的，也许回报会来得很迟很迟，但我有足够的耐心去等待。如此反过来，能够开放，一个逐渐进入状态的佳境，那么就可以以最快乐的心态取得不断进步。反以坦然接受，认真对待。学海无涯，但是可以更努力地去游，去渡海。如果你找到了那个最适合彼此的方式，那么就可以尽情享受甜美的糖果，在义与利之间成为一个受欢迎的人，在这个地球上与自然和谐共存，可持续地发展下去。何尝不是一种胜利呢？

"我一定要找到和每片海相处的距离，找到欣赏它们的最好方式。"

海是藏不住的。

"无尽的远方"与"无数的人们"

"无尽的远方，无数的人们，都与我有关。"

与你有关吗？与我有关吗？我看着眼前这位病榻上的中年男子，他的头发像板刷一样一排排直立着，嘴唇上浓密的胡子多日没有打理了，却还是很整齐，他的眼睛里充血且混浊，但忽然间透出一股凌厉，让人为之一震。一双浓密的眉毛似有千万种语言，俯仰之间似有千万种情怀。

你的远方在哪儿啊？是振兴家业出国留学？是弃医从文捍卫祖国？战乱年代，多少好儿郎走出家门踏上疆场，你以手中的一支笔为武器杀出一条"新文化运动"的道路。你说："横眉冷对千夫指，俯首甘为孺子牛。"救国，必先救国人之精神。那我的远方在哪儿啊？一个普普通通的高中生，手中的一支笔不知疲倦地在练习册和试卷之间奔走。和平时代，不救国，不救民，埋头读书成绩却并不起眼。我的远方在哪儿啊？

哪些人与你有关呢？是欠了小酒馆一辈子茴香豆钱的孔乙己，还是鲁镇失了丈夫和儿子的祥林嫂？也许是那个银项圈紫圆脸手握钢叉刺猹的少年？四万万中国人都与你有关！你救当时的人们于水深火热之中，无数的后代人敬仰你、学习你，他们都与你有关！那哪些人与我有关啊？让我想想，这个是有的。是含辛茹苦默默支持的父母，是循循善诱诲人不倦的老师，是风华正茂书生意气的同学少年。也许并不是"无数"，但是他们都与我有关啊！

你唤广平来开灯，你要看看这世界上与你有关的人们，因为你心中还有个无尽的远方。我有那些有数的与我有关的人们，那，我的远方呢？

如果说学习只是为了一个好的成绩，那为什么看到同伴考试失利我也会难过？如果学习只是为了功成名就，那为什么每次挑灯夜读还要怕父母担心？为什么呢？"有时候你要为别人而活。"今天的我不敢停止努力，不仅是为了自己的远方，还是为了爱我和我爱的人的远方。那个远方路途遥遥，也许还有些艰难，它没有多么轰轰烈烈，但是听从你心，爱我所爱，行我所行，无问西东。

你笑了，我也笑了。我说，我没有你那么远大的志向和抱负，没有那么深刻的责任和担当。和平年代，我只是一位平凡的高中生。你喃喃道："学生啊，学生。"一百年前，不正是这么一群学生高举"还我青岛"的旗帜，开启新民主主义革命；不正是这么一群学生开天辟地，中国革命从此焕然一新。作为他们的传人，这一切，都与我有关！茫茫宇宙中全人类的共同存在，精神世界中每一个灵魂的每一个细胞共同呼吸，这一切，都与我有关！

孩子啊，你的远方无穷无尽，无数的人们为你祝福。

仰望星空

——读《不要温和地走进那个良夜》纪念霍金先生

仰望星空，脚踏实地。"我们抬头望天空，星星还亮着几颗。"如果人们不再仰望星空，世界将会变得怎样？

生于尘世，归于星辰。2018年3月14日，一颗巨星回归了属于他的星辰宇宙，他是Stephen William Hawking，霍金先生。

那一天，全世界为此触动。上完走班的学考课，地理班的男生冲进来："霍金死了。"这是理科生的直白坦诚。但并不妨碍每个人心中的震动，对于这一班选考物理化学的同学来说，心中的信仰突然有一块升华了，然后化作对科学的敬畏和对伟人的祝愿。图书角的《果壳中的宇宙》被哄抢，黑板报上贴了霍金的素描像——这或许是浩瀚宇宙、地球一角的我们纪念他的方式。

"即使身处果壳之中，仍自以为是无限宇宙之王。"轮椅太小，恰好宇宙很大。霍金是渐冻症患者，也许之前对于我来说，他只是一个轮椅上的用电脑发声的古怪科学家。然而这颗人类群星之中最特别的一颗离开我们时，他的声音振聋发聩。他有着多么传奇的一生。有很多的质疑声，他的学术成就并不是当今世界上最伟大的，但他无疑是每个学物理的人的精神支柱之一。格物致知，究其物理，人类在浩瀚星辰中显得多么渺小，但我们一直没有放弃追寻。在一方轮椅上，他的思想是整个天空。"正是因为你爱的人住在这里，宇宙才有了意义。"打动我们的不仅仅因为他是一个物理学家，更多的，是他对世界一直保持着孩子般的好奇，对家人、对生活充满乐观和自信。这就是物理的意义。

　　班级里读书节朗诵，我想用狄兰·托马斯的《不要温和地走进那个良夜》纪念这位伟大的物理学家、无数物理人的精神导师：

"不要温和地走进那个良夜，
老年应当在日暮时燃烧咆哮；
怒斥，怒斥光明的消逝。

虽然智慧的人临终时懂得黑暗有理，
因为他们的话没有迸发出闪电，他们
也并不温和地走进那个良夜。

善良的人，当最后一浪过去，高呼他们脆弱的善行

可能曾会多么光辉地在绿色的海湾里舞蹈，

怒斥，怒斥光明的消逝。

狂暴的人抓住并歌唱过翱翔的太阳，

懂得，但为时太晚，他们使太阳在途中悲伤，

也并不温和地走进那个良夜。

严肃的人，接近死亡，用炫目的视觉看出

失明的眼睛可以像流星一样闪耀欢欣，

怒斥，怒斥光明的消逝。

您啊，我的父亲，在那悲哀的高处，

现在用您的热泪诅咒我，祝福我吧，我求您

不要温和地走进那个良夜。

怒斥，怒斥光明的消逝。"

　　这是这位英国诗人写给自己病中的父亲的。当他放弃了活下去的希望的时候，诗人对引领自己走上文学道路的父亲感情很深，因此写下这首诗来唤起父亲战胜死神的斗志。"Don't gentle into that good night." "良夜"和

"光明的消逝"都暗指死亡，而面对死亡，人类不应该听从命运的摆布，而应该"燃烧咆哮"，不枉此生。把日子过好了，就是面对死亡最好的方式。这句诗在电影《星际穿越》中被布伦特博士反复吟诵，电影情节中当载着人类生存希望的飞船飞向太空，人类即将灭绝，死神将至时，人类仍然不屈地拼搏，发出这样的呐喊声，让人无不为之动容。

全诗不断地重复"不要温和地走进那个良夜""怒斥、怒斥光明的消逝"的主旋律。把人类分为四种：智慧的人，在历史上留下过他们的痕迹，也许当时他们的话不一定"迸发出闪电"，但他们知道自己没有"温和地走进那个良夜"，孟德尔一生没有显名，但多年后人类还是发现了他的真理，孟德尔的遗传学定律奠基了整个现代生物学；善良的人，有才华但缺乏实际行动力，他们光辉地"在绿色的海湾里舞蹈"，但"光明的消逝"时，没有人记得他们的名字；狂暴的人，追求不切实际的目标但不停追逐，他们向往的是"太阳"，虽然只有"在途中悲伤"，但更具有悲壮的意义，在莱特兄弟成功发明飞机前，多少人在人类的飞天梦想上献出了生命，他们没有名字，但他们在历史上不可或缺的发声，仍为我们所敬畏，他们的梦想也终有实现的那一天；严肃的人，是行将就木但仍然对生活充满希望的人，霍金先生就是一个很好的例子，"失明的眼睛可以像流星一样闪耀欢欣"，他在与死神抗争的那么多年中，仍然探索真理不止，最终无论是他的学术成就，还是精神力量，都激励了一代又一代人。

这首诗不仅仅是对伟大的消逝的怒斥，更多的是给我们生命的态度。死了不要紧，追求而追求不到也不要紧。重要的是有所追求，重要的是不放弃追求。"老骥伏枥，志在千里。""不知生，焉知死。"中国的传统文化里有着惊人的类似，这正是全人类的生命哲学。病重当中的霍金先生，在接受采访时，记者问他："您能不能再给我一个词，表明一下您想对这个世界说的话？"当时的他只有眼睛下面的一块肌肉可以动了，他用全身的力气打下一个词"wow"。是惊叹，对于这个世界，依然像个孩童般热爱。而健健康康的我们，每天说得最多的一个词却是"唉"。即使满地都是六便士，你也要抬头看见月光。

上高中以来，初中习惯的优秀变成了十分刺激的理科成绩，尤其是物理似乎就没到过平均分。一次比一次考得差，后来就像麻木了一样似乎习惯了，直到拿到了人生中的第一个不及格。心理防线真的崩溃了，我哭了一个晚上。从小到大，第一次不是因为怄气或者矫情哭得那么彻底，心里有种撕裂了一道口子似的感觉。为了一次考试我可以准备很久很久，可是努力却似乎没有什么用。当时就发誓说："我死也不要选物理。"后来物理成绩其实也一直不理想，但是9月被同学拉去参加了物理竞赛，什么都不会但不知撞了什么运气获了一个最小的奖。我想是因为三个小时别人忍不住交卷的时候，我坚持到了铃声响起的那一刻。也许我什么也不知道，却似乎被一种魔力吸引，可以潜心地思考下去，这大概就是物理的魅力所在。我开始萌发选考物理的意向。顶着巨大的压力和拿着仍在上升期的物理成绩，最终选考物理化学加上主攻物理竞赛，理由只有一个："喜欢就好啦。"

3月14日，是我妈妈的生日，今年的3月14日前一天晚上我的表妹出生了。在时间的简史里，我们亲爱的霍金先生，伽利略去世的日子，他来了，爱因斯坦生日那天，他走了。生命就是这样，冥冥之中处于轮回之间，"盖将自其不变者而观之，则物与我皆无尽也"，那是一个奇妙的统一起来的人类的容颜。

仰望星空，脚踏实地，前途似海，来日方长。

眼前见天下无一个不好人

—— 读林语堂《苏东坡传》有感

"上可陪玉皇大帝，下可陪卑田院乞儿，眼前见天下无一个不好人。"开篇此句，惊为绝句；苏轼此人，惊为天人。

说来惭愧，近日并未好好读书。各种考试之间见缝插针地草草略读，林语堂先生的这本《苏东坡传》磨蹭到了腊月廿九才读完，可大有相见恨晚之感。

此书原是英文著作，有趣的是，中国人写的书要由中国人英译汉回来。其实我也很好奇，林语堂先生是如何把中国的这些诗词歌赋译作英文的。只是觉得现在手中这本张振玉先生的译本，由汉语出发，又回到汉语，妙趣横生。语言清新、朴素幽默，有翔实的历史资料来佐证。既是一本优秀的人物传记，又是一本严谨科学的学术作品。

此书实在是一本佳作，不胜褒美之辞。其实真正想谈的，是苏轼此人。所以之前提的，权当寒暄罢。苏轼，北宋文学家。出身书香门第，留名千秋万载；精通琴棋书画，涉猎炼丹瑜伽；游历五湖四海，结交良师益友。此生得意之时父子三人金榜题名，失意之时"寂寞沙洲冷"。尝遍酸甜苦辣，体味人间冷暖。"中国文人从政的标志性人生"，我想，他的人生放大了说，也是标志性的，不枉走一遭。

他是儒家的文人，为官为民，仕途上有欧阳修这样的伯乐，也有王安石这样的对手；他是佛家的信徒，以善为念，结交各地名僧；他是道家的仙人，养生炼丹，希冀长生不老。他的人生是丰富的，既不是陶渊明式的"采菊东篱下"，也不是范仲淹式的"先天下之忧而忧，后天下之乐而乐"。他是苏子，自有自己的人生哲学。

少年之时，他饱览经书，才华横溢。那时的苏子是典型的儒家门徒。年少有为，这四个字来形容他再合适不过了。出生在眉州的士人家庭，娇妻新婚，与父亲苏洵，弟弟苏辙，三人共同赴京赶考。得到主考官欧阳修的赏识，一级级升官，可以说是当时文人羡慕的仕途偶像，也是现代人学业和事业的理想型。苏轼在各地任职、兴建工程，一生政绩可圈可点。苏轼的才，不是教科书式的死板，他可以论国家政治，也可以叙山水人间。除了羡慕他的才华，我们更羡慕的是他善于体察生活的细节，毫无遮拦地表达自己的所感所思。这是怎样的一种自由快乐呀！

人生之路倘若一直是平坦的那也就没有什么意思了。王安石变法，排挤异党。虽然变法本身存在很多可议的地方，双方都没有绝对的对与错，只是观点不同罢了。这京城是待不得了，于是苏轼来到了仿佛是前世生活的杭州。江南的诗意和温柔，于一个文人来说再合适不过了。游山玩水，名妓高僧。苏轼两度来到这里，杭州以它秀美的人情接纳他，他留下了苏堤，留下了疏浚好的河道。他爱百姓，百姓也爱戴他。此时的苏轼为人多了佛家的智慧，他的心中有的是众生。广结善缘，多种善因，终得善果。苏子一生都是善良的。他相信这个世界是善良的，所以他对这个世界是善良的，因此这个世界对他也是善良的。

所以我相信之后的乌台诗案，以及一路被贬黄州、惠州、儋州等地，都是塑造一个更完满的苏轼的过程。他真的成熟了。他认识到了自己的锋芒毕露。"木有瘿，石有晕，犀有通，以取妍于人，皆物之病也。"他的才华，可以让他春风得意，也可以让他撞得头破血流，这颇有唯物主义辩证法的哲学智慧。当无路可走的时候，道家的智慧就降临了。他研究炼丹、瑜伽、养生，研究长生之术，当然这些只是表面的。他不是想要成仙，他的灵魂真正地与自然达到了契合，"寄蜉蝣于天地，渺沧海之一粟"。他走向了宇宙人生的伟大。前后《赤壁赋》这样的杰作也就诞生了。在失意之时，他仍可以怡然自得，与百姓和乐相处，做一个内心真正愉悦的人。可以说达到了渔父"沧浪之水清兮，可以濯吾缨；沧浪之水浊兮，可以濯吾足"的境界了。

我开始崇拜苏子是读了余秋雨的《黄州突围》，我一直以为自己熟稔他，可是我错了。《苏东坡传》给了我更加完整准确的认识。林语堂先生评价苏子用"气"这个字：何为浩然正气？"其为气也，至大至刚，以直养而无害，则塞于天地之间。其为气也，配义与道；无是，馁也。是集义所生者，非义袭而取之也。行有不慊于心，则馁矣。"苏子一身浩然正气，站在一个道德的制高点上。他在京陪过"玉皇大帝"，他在儋州也陪过"田园乞儿"，他始终保持着"心灵的快乐""思想的喜悦"。也许他的一生并没有我所理解的那么喜乐完美，但是林语堂先生笔下的苏子，是理想的标志性人生。

"浩然之气，不依形而立，不恃力而行，不恃生而存，不随死而亡矣。故在天为星辰，在地为河狱，幽则为鬼神，而明则复为人。"苏子已逝，他是一个好人，因为他眼见"天下无一个不好人"。愿他的灵魂，指引我们的星辰大海、宇宙人生。

慎思笃行

博学之，审问之，慎思之，明辨之，笃行之。

写给自己：做一只有智慧的杯子

一只杯子？能做什么？装水？装咖啡？

当你面临各种学业负担：考试、背诵、作业……有没有感觉到压力很大？当你面临各种人际关系：亲情、友情、师生情……有没有感觉到困顿迷茫？当你面对各方面的压力、负担、挫折、困难时，究竟应该怎么去做才合适？

请您静静端详面前的这只杯子，它是你心灵的写照。迷茫、空洞、无所适从……我们来看杯子的心态。当你不能做到像杯子一样放空一切的时候，你就不如这一只杯子。杯子它可以接受一切，也可以放下一切，它可以装进美好的，不美好的，同时也能倒掉它。杯子的心态，其实就是能包容，海纳百川，也能放下，从头再来。它能够克服、宽恕、接纳、包容不美好的，也能适时放下，清空过去的美好，然后重新去寻找美好。其实，这就是它的智慧。你能否如它一样，可以从容地拿起，也可以淡定地放下？你能否有勇气如它一样，克服一切，包容一切，豁达地取舍？在面对生活中的不美好时，你能包容吗？在面对生活中必须舍去的美好时，你能放下吗？

也许此时，你已经沉默了，也许你还想为自己辩解。然而，让我们再来看看你与杯子：当外面是寒冬腊月时，你能否如杯子般坚持自己的温度，带给他人温暖、幸福？当外面是三伏天时，你能否如杯子般坚持自己的温度，带给他人清凉、舒适？你能否适时调整自己，坚持自己，带给他人快乐？你能否区分情况，调整自己，更好地面对周围的一切？杯子的智慧，又在于能够适时调整，区分环境，从容地应对一切，带给自己、他人更多的幸福。

写给自己：你要做一只充满智慧的杯子，归结于两个字：从容。从容地拿得起，放得下，从容地应对一切。需要你虚怀若谷，区分环境，适时调整，乐于奉献。你才能在人生的道路上，一路凯歌，笑看红尘……

竞争的艺术

人生需要竞争，竞争需要艺术。

天时

　　我的故乡石门湾是个典型的江南小镇，曾与古镇乌镇齐名。然而现在，每当我走在运河旁的青石路上，看到人去楼空残存的古建筑，几条街以外充斥着城乡接合部世俗气息的集市，对比互联网大会正在如火如荼地举行、面向世界、面向现代化、面向未来的乌镇，不禁感慨：石门错过了开发的天时啊。曾经相同的水乡古镇，因为开发的时机，如今已经截然不同。天时，是一种竞争的艺术吗？

地利

我走在外公的田里，田里有一条水渠。水渠旁种满了杭白菊，坡上也种满了杭白菊。那个夏天异常炎热，降水少得可怜。当太阳灼烤着大地的时候，坡上的杭白菊无能为力地枯死了，而水渠旁的杭白菊傲然生长着。那一年的杭白菊特别贵，能够存活下来的少之又少。我想：同样是杭白菊，截然不同的境遇，正是因为水渠旁的地利啊。地利，是一种竞争的艺术吗？

人和

天时，地利，人和。我走在小区门口的街道上，寻找着晚饭。小区门口有许多家面馆：一家面馆占尽了天时，曾经火爆一时，吃个面要拿号排一个上午；这家面旁的另一家面馆，占了地利，招徕等不及赶时间的顾客，生意倒也不错。可是我走进了在街道另一旁的另一家面馆，理由很简单——面好吃。几乎每一碗面都是用心制作的可口佳肴，牛肉面里的牛肉货真价实；黑鱼面的黑鱼新鲜可口；白鸡面里的白鸡鲜嫩美味，酱汁非常好吃……老板夫妇为人踏实、勤劳："你要鸡翅还是鸡腿？""鸭胗给你吧。""今天的鸭子不太好，还是吃白鸡吧。"给顾客的是怎样的一份用心和温暖！来过一次肯定会来第二次，因为这里让顾客真正体会到了被尊重和被用心对待。后来火爆一时的面馆生意萧条，我们家也有几年没去了；占尽地利的面馆也因此支撑不住，最近也易主了。只有用心做面的那家面馆，至今每天生意都很好，我也几乎每周都去。这是什么？这是人和的力量。人和，就是竞争的艺术。

我想，天时不如地利，地利不如人和：石门最近也开始开发了，吸引了不少游客，在乡亲们的用心建设下，正准备和乌镇联手开发旅游业；外公的坡上不再种杭白菊改种贵重苗木，每年倒有一笔不小的收入。天时、地利虽然在某一阶段影响竞争的结果，但是人和才能最终胜出，才是竞争的真正艺术。

竞争的艺术不在于天时，不在于地利，而在于人和。

欣赏天才

中国科学技术大学的杨维纮教授说："学习物理的过程就是欣赏天才的过程。"

什么是物理？我认为，这是一个格物致知的过程。尝试着用一个自洽的理论体系去解释所有的现象，注定了认识真理的过程是一个螺旋上升的过程。在历史发展的场合中，在这个人类共同拥有的知识体系财富下，不断地出现天才，丰富它，完善它，使它更加接近真理。

上帝赐予牛顿的不是苹果，而是三条多么关键的定律，世界从此开始揭开神秘的面纱；法拉第只有小学四年级的学历，或许他一生都没有学会微积分，但是只是画电场线让他玩出了名堂，成为皇家实验室的一员；高斯高三时证明了代数基本定律，无论是数学界还是物理界留下了多少"高斯定理"；面对伽利略时空变换、电磁感应和牛顿运动定理的矛盾，爱因斯坦用何种眼光才能发现时间和空间

畅所欲言

CHANG SUO YU YAN

的联系，而且他还发现了光电效应……

这些都是天才，都是我们可望而不可即的星辰。

但是，纵然是天才，成功也不是偶然的，有必然的因素存在。或者说，天才之所以成为天才，不仅仅因为他是天才。法拉第听了七年电磁学课程，或许对于他来说，简直是天书，但是他认认真真地做笔记，不要报酬进入皇家实验室，最终凭借自己的努力留了下来。爱因斯坦提出相对论的大胆假设，整个科学界都不敢肯定他，最终他还是凭借光电效应获得诺贝尔奖，他遭受了无数质疑，甚至是在百年后的今天，但是真理是禁得住历史的考量的。或许有一天会有一个天才，提出更完备的理论来否定他。这个过程不断上演，这就是人类的进步。

所以，天才还不够，还需要这两个词：努力和坚持。欣赏天才不仅是欣赏他们伟大的成就，还是欣赏他们伟大的人格。

2012年浙江省高考语文的作文题是《坐在路边鼓掌的人》。诚然，天才只是千千万万的繁星中最亮的几颗，他们注定耀眼，而我们当中的大多数只是一颗渺小的星尘，是坐在路边给他们鼓掌的人，是欣赏这些天才的人。我们或许一生将会平平淡淡地度过，或许数百年之后不会有人记得我们的名字。但是，我们也有自己的微光，并不会因为满天的星光而黯淡。我们不可忽视自己的珍贵，也不可忽视努力和坚持。不是因为我们不是天才，而是因为我们欣赏天才也欣赏自己。

相对论说，时间和空间的概念不是属于客体的，而是主体为了描述客体的运动而引入的。对于我们每个人自身的主体来说，恰恰这些天才都是客体，是我们赋予了他们天才的称呼。然而，物质是不依赖于人的意识并能为人的意识所反映的客观实在。认识世界是无止境的过程，而我们每一个人都应该有认识世界的好奇心，对自己事业的努力和坚持。这样，我们才能真正坦荡地坐在路边，为天才鼓掌，也为自己鼓掌。

所以，天生我材必有用。

外柔内刚，势不可当

当今社会，"娘炮"之风兴盛不休。

所谓"娘炮"，一指七尺男儿不留胡髯，反施粉黛，面相白净似闺女者，此为外表；二指内心软弱，行为举止扭捏者，此为内在。推而广之，即男子未担男子之形象、男子之责任，而类女郎也。

或言禁止，或言包容，由我观之：唯有外柔内刚，方可势不可当。

梨园之中白面小生；东厂之中宦官内臣。"娘炮"之现象，古已有之。"天下物无独必有对"，既有驰骋沙场血气方刚的战士，也有温柔娴静似女子的书生，由此世界才会丰富多彩。物质生活迅速发展的今天，人们的价值判断和价值选择趋向多元化。荧屏上的偶像男主；生活中的文气小伙儿。我们统统以"娘炮"称之，其实是很片面的，"娘炮"群体中大有区别。

"娘"，可以是个人的生活习惯、性格表现。一朵花，就要努力绽放；一棵树，就要长成栋梁。每个人的外表都是不一样的，我们也不能仅从外表来评判一个人。但片面吹捧"娘炮"，甚至是出于一种猎奇的心理，这种做法是不可取的。否则，社会缺少了阳刚之气，凭什么来保护家庭、保卫祖国呢？"娘"，也可以是软弱无能、缺乏正气。那些不务正业碰瓷诈骗的人，那些贪污受贿不辨是非的人，那些在国家社会集体利益面前，苟于私利畏缩不前的人，那才是真正被唾弃的"娘"。当今社会对男子和女子的需求是不一样的，每个人实现自我价值的途径也是多样的。我们必须正视"娘炮"现象，不能戴着有色眼镜看待那些外表柔弱的男孩子，但是切记，所谓"娘炮"，娘了外表可以，娘了骨气不可以。

　　"富贵不能淫，贫贱不能移，威武不能屈，此之谓大丈夫。"无论是男孩还是女孩，无论你选择做一棵参天大树还是开一朵娇弱美丽的花，都不能因为客观物质条件而"移"志向、"屈"品格，活出真气概，少年不娘，中国不娘。梅兰芳先生在舞台上极致演绎了阴柔之美，但在国家大义面前蓄胡罢演。"岂能奏艺伪满洲，赴苏绕道海参崴。"我们要努力做一个刚柔并济、内心柔软但有力量的人。心有猛虎，细嗅蔷薇。刚和柔是对立且统一的，由此推动事物的运动、变化、发展。我们的社会、我们的文明，才会在两者的和谐中进步。

　　"娘炮"之风不必休，大丈夫之气节不能丢。外柔内刚，势不可当。

安人必先修己

英国最古老的建筑物威斯敏斯特教堂旁的墓碑上面刻着："如果一开始我仅仅去改变我自己，然后，我可能会改变我的家庭；在家人的帮助和鼓励下，我可能为国家做一些事情；然后，谁知道呢，我甚至可能改变这个世界。"作为青少年，我们能做的，是"定乎内外之分"，从自己做起，从小事做起，从量变到质变。努力做一个博学慎思、笃行感恩的人。

《大学》有言："欲治其国者，先齐其家；欲齐其家者，先修其身。"安人必先修己，想要更好地为他人，首先要学会为自己而活。

为自己而活，就是学会分析自己，悦纳自己，修炼自己，然后战胜自己；为他人而活，就是做事要心中有他人，心中有社会。要分清自我和外物的界线、两者的先后关系，先"修己"，然后才能"齐家""治国""平天下"。

　　为自己而活，是为他人而活的前提。首先，幸福是个人内心的感受，显然为自己能够更直接地带来这种愉悦的感觉。同时，也能为爱自己的人和自己所爱的人带来幸福。真正的成功，都是以渺小启程，以伟大结束。纵观历史，屈原先"重之以修能"，方能"道夫先路"；鲁迅先"冷对千夫指"，方能"为孺子牛"。反之，如果自己心不正、学无术，又谈什么奉献他人、奉献社会呢？

　　先"修己"，再"安人"。而"修己"，就是要不断地提升自我的素质和能力。分析自己的能力，悦纳自己的不足，修炼自己的品格，最终战胜自己。人最大的对手，也是最后唯一的对手，只有自己。马来西亚羽毛球选手李宗伟"败者为王"。他一生没有拿到那块金牌，但与其说他战胜了林丹，不如说他战胜了自己，所以赢得了全世界的掌声。为自己而活的过程，就是一个战胜自己的过程。

　　从"修己"到"安人"，是一个很自然过渡的过程。我们不能只顾及自己的利益，也要兼顾他人，才能实现自己的价值。如果一味地追求自我，很有可能陷入自我狭隘的泥潭中。对一个人价值的评价，不仅仅是看他为自己创造了什么，归根结底是看他为他人、为社会贡献了什么。在个人与社会的统一中，我们才能实现价值、收获幸福。苏轼有言："上可陪玉皇大帝，下可陪卑田院乞儿，眼前见天下无一个不好人。"为他人而活，不在于他人的身份和地位，也不在于贡献大小，而在于心中有他人。

　　"身修而后家齐，家齐而后国治，国治而后天下平。"
先"修己"而后创辉煌。

和而不同真君子

　　筷子和叉子，餐具的不同，食物的不同，背后是文化的差异。在现代传媒和信息化迅速发展的今天，各国文化有着越来越多交流、碰撞的机会。"君子和而不同，小人同而不和。"我认为，能做到和而不同的，方为真正的君子。

　　世界文化具有多样性，各种文化百家争鸣，如同一个大花园里百花齐放。热播的纪录片《舌尖上的中国》生动地记录了中华饮食文化。而导演陈晓卿将眼光投向全球，推出《风味人间》，受到了更广泛的欢迎。我们看到，各地饮食文化异中有同，同中有异：陕西的石子馍和伊朗的"桑嘎"，法国的面包和华北平原的大馍，广东的鱼生和日本的刺身……同样的原材料，不一样的文化造就不一样的精彩。

　　文化是社会实践的产物，文化具有共性和个性的原因也根源于社会实践。各国的地理环境不同，各国的历史条件不同，目前的社会经济条件也不同。正所谓"靠山吃山，靠水吃水"。由此我们可以看到丰富多彩的饮食文化。同时，我们也可以在社会实践中找到共性，所以也可以在文化中找到共性："世界上没有完全相同的两片叶子，也没有完全不同的两片叶子。"

所以，如何对待文化多样性、找到共同发展的契机是非常重要的。筷子，手指的延伸，两根木棍交叉形成支点，是对力学原理的精妙运用，丰子恺先生将中国人称作"用筷子博士"。筷子，不仅仅是一种餐具，对中国人来说，也融入了自身文化的认同感和荣誉感。然而近日，外国奢侈品品牌杜嘉班纳因在社交网站上发布"起筷吃饭"视频："如何用小棍子形状的餐具""伟大的传统玛格丽特比萨"，带着种族歧视的味道，引起中国人民的强烈不满。上海大秀被迫取消，明星退出代言，网民"口诛笔伐"，最终该品牌道歉并删除相关视频。

其实，文化之间引起冲突是正常的，正如机体之间的排异反应一样。但是，显然该奢侈品品牌行为是不对的。我们不能这样对待与自己不同的文化，采取一种不"和"的方式。其实，我们也不用抬高或贬低双方的文化来求"和"，因为求"和"和求"同"是不一样的。真正的"和"，应该是尊重他人文化，认同自身文化，求同而存异。

　　要做一个"和而不同"的君子，关键是要谋发展。首先，要"以我为主，为我所用"，挖掘自身文化的价值。屠呦呦在中国医药典籍中获得了灵感，找到抗疟疾的良方。同时，也要面向世界，博采众长，西医制药的低沸点萃取，使青蒿素抗病率达到100%。这是各国文化结晶和谐共同发展的成果。存不同而求和谐，就能为文化发展注入源源不断的活力。

　　真君子当爱其文化，而海纳百川，求和而存不同，善哉！

愿你的玫瑰永不凋谢

"因为你是我的玫瑰。"

来到这颗星球好几天了，我在这片荒凉的沙漠里行走了很久很久。我有点想念我的B612，想念44次日落，想念迁徙的候鸟，甚至有点想念那怎么也铲不尽的猴面包树根。当然，我最想念的是我的玫瑰花。

我有些无聊，随意地踢着脚下的沙子，忽然，有一片红艳艳的影子闯进我的视野。她们当中的每一朵都是那么惊艳：有的娇媚地斜躺着；有的笑眼里含有千种风情；有的精心打理着自己的妆容……她们一齐望向我，荡漾出的笑意让人痒酥酥的。她们是一大片玫瑰花，我惊呆了，我从来没有见过那么大一片玫瑰花。

"你好。"

"你们好。"

我想起我的玫瑰了，她们都是玫瑰花。一样的柔嫩的花瓣，一样的丝绒般的肌肤，当然，还有一样的，尖尖的刺。第一天遇见她的时候，我以为她是猴面包树苗，差点不小心伤到了她。她是多么特别啊，我每天为她浇水，为她除虫，为她做了一面屏风。她陪着我，我陪着她，我们无话不谈，形影不离，每天一起看那44次日落，我就不那么伤心了。

眼前的这片玫瑰小声在我面前嘀咕着什么，她们时常争执时常嫉妒对方的美丽。我也与我的玫瑰有过争执，她高傲、娇气，有时候真的让我很伤心。我选择了离开。记得那一天，候鸟们带着我飞向茫茫的宇宙。我和她告别，她和往日一样，只是目送着我离开。我的心里忽然掉了一块什么东西，我没有来得及告诉她，可是我真的很想她。

她们勉勉强强地听完了我的故事。"可是这世界上的玫瑰有千千万万朵。""可是她是我的玫瑰。"我义正词严地告诉她，"你们的美丽是空虚的，没有人愿意为你们去死"。我曾经在这颗名叫"地球"的行星上遇见过一只狐狸。那时，它对我来说和世界上千千万万的狐狸一样，我对他来说和世界上千千万万的小男孩一样。可是，我驯服了它。这就意味着我们从此互相羁绊。生命就是这样，当你付出了自己的爱，才能收获别人的爱，从此对彼此来说，都独一无二。

"想要制造羁绊，是要承担流泪的风险的。"狐狸告诉我。我现在想哭了，我想念我的狐狸，我想念我的玫瑰。

"因为她是我的玫瑰。"因为我所爱，才会为此流泪；因为我所爱，才有了面对旅途艰辛的勇气和力量。我游历一路，而心有所依。

"你们和她不一样，因为她是我的玫瑰。"我对这一片骄傲的小姐说。她们如花的面貌上大惊失色。我从来不会因为害怕流泪而失去爱和被爱的勇气。我要离开了，回到我的星球，回到我的玫瑰身边。她一定在等我，她也一定很想念我。朋友，如果有一天你遇到我的玫瑰，记得告诉她，我爱她。

也祝愿你成长为一个优秀的大人，愿你的玫瑰永不凋谢，愿你的童话永不散场。

价值人生不"外卖"

近日，一篇名为《一个北大毕业生决定去送外卖》的文章登上了知乎热榜的榜首。随着互联网经济的发展，外卖行业对我们来说早已不再陌生，在我看来，外卖人生有价值，价值人生不"外卖"。

文章是一位名叫张根的北大硕士毕业生的自述。他自称："北大硕士毕业，还是有很多想不清楚的问题，一来二去，就送了外卖。"在面对青春的焦虑和迷茫时，他选择以进入"底层"体验生活的方式来获得答案。

显然，这篇文章能够引起广泛的关注，自有它的"看点"：首先，"北大毕业生"与"送外卖"的强烈矛盾反差，足以引起轩然大波；其次，"外卖"作为这个时代的新兴产物，已经渗透进入我们生活的方方面面，可是它所带来的新问题和新挑战是我们所有人缺乏经验的。"什么样的人生值得一过？"这样的焦虑和迷茫很容易引起年轻人的共鸣，也是我们必须回答的问题。

其实这样的事件早已不新鲜了，"北大毕业生卖猪肉""清华毕业生当保安"……这样的字眼总是能夺人眼球。有人说他们"浪费教育资源"、有人说"行行出状元"……这样的争议声不断。我们都在倡导"职业平等"的观念，可是根深蒂固的社会传统价值观告诉我们：似乎办公楼的中产阶级职业就是要比送外卖更优越。而高校出来的学生一律带着母校的光环、贴着优秀的标签，所以他们似乎理所应当地去从事那些人们眼中更优越的职业。那么，名校毕业，工作体面，就是有价值的人生吗？

另一个争议点是，有网友认为张根在自述的过程中，透露着一种优越感："曾是一名外卖配送员。"是的，他和别的外卖小哥最大的不同，是他可以随时跳出这个阶层，拥有物质更充裕的生活。他也不会选择终其一生做一名外卖小哥。这是他出身名校的自信和自身能力的资本。可是就是在这样传统价值观中优越人生的朝九晚五当中，他感到了焦虑和迷茫。而在"底层"送外卖的风风雨雨、喜怒哀乐中，找到了自己的真实，找到了自己的价值，回答了青春的命题。

价值，是一事物对主体的积极意义。每个人的主体就是每个人自己。所以，我们早就该放下那些对职业的成见了。送外卖，也可以是一份很体面、很有尊严的工作。外卖人生有价值，不延时、不弄洒菜品、服务态度良好……甚至是陪孤寡老人聊聊天这种分外的事情，不也可以带来愉悦、幸福和满足吗？同时也给他人送去了温暖和感动，这难道不是价值吗？拿着丰厚的薪水，拥有安稳的工作，在办公楼里逐渐圆滑世故、附庸风雅，甚至是高学历、高智商犯罪，这难道是价值吗？

当然，这也不是说传统主流的价值观完全错了。好好读书，自然可以拥有更多选择的权利，选择如何去创造自己的价值。重要的是，有价值的人生不是"外"面"卖"的，而是自己创造的。首先是满足了自己的需要，包括物质和精神的需要。其次是满足他人和社会的需要，这是更高的层次，也是评价一个人价值更根本的标准。从这个层面来看，安稳、体面、高薪的工作更容易满足人的需要。但是，真正的价值仍要靠自己去创造，而不是靠名校的光环和工作的优越感。

张根说："我的选择只会出于打磨掉欲望后生命的真正渴求，只有如此，我才不会被时代击败。"谁的青春不迷茫？可当寻找到答案，价值人生不"外卖"，价值人生也不难求。

因寄所托

或取诸怀抱，悟言一室之内；
或因寄所托，放浪形骸之外。

鸳湖棹歌声杳杳

出生嘉兴南湖之畔，成长鸳湖棹歌声中。

"晓风催我挂帆行，绿涨春芜岸欲平。长水塘南三日雨，菜花香过秀州城。"

小时候家里住得离南湖很近，奶奶每天带我在南湖边散步。

每当听到桨拍打水的声音，"船！"我迫不及待地指给奶奶看，奶奶对我慈祥地笑笑。那船，便是红船。以前的红船是木头的，因为时间长了的缘故，难免有些皱皱巴巴的，漆也脱落了。"红船为什么不是红的呀？"年幼时我常常天真地这么想。

"革命声传画舫中，诞生共党庆工农。重来正值清明节，烟雨迷蒙访旧踪。"

后来，红船成了历史书上的一行无比庄严的字样：

"1921年7月23日，中国共产党第一次全国代表大会在上海秘密召开。"后面还有一行："后转移到嘉兴南湖。"
这句话让嘉兴人无比自豪。

这个时候的我为了体育中考，常常在南湖边跑步。清
晨或傍晚，南湖边游人少的时候，有一种让人十分享受的
美好。停下步伐，我望着湖中也停下来休憩的红船，现在
的红船很漂亮，焕然一新。船宽敞了不少，重新油漆过，
船板船檐刻着镀金的图案。新码头，新景区，南湖人这几
年来的努力没有白费。"欢迎来到国家5A级景区……"嘉
兴北邻苏州，南邻宁波，北接上海，东接杭州，节假日游
人如织，络绎不绝。

现在南湖边的许多红船，白天奔命于接待游客，晚上
宴席酒水，南湖边的饭店打着红船的旗号，在船上办酒席
要价不菲。很少能听到船桨和水波的和鸣了，取而代之的
是发动机"突突突"的声音。

"突突突……"我向湖面望去，却不是红船，而是一条
简陋的小木船，船上堆满了饮料瓶、树叶、塑料袋……这
是干什么的？哦，原来这是南湖的打捞船。南湖的游客越
来越多，同时也带来了不少不文明现象。南湖的整洁干净，
正是这些打捞船在幕后的默默付出。

我不禁肃然起敬。踱步在南湖革命纪念馆的展厅里，
我凝视着一幅幅图片，仔细阅读着一行行文字，体会着它
们背后的血与泪。红船为什么是红的？"自从有了中国共

产党，中国革命就焕然一新了。"这是一种关于国家、关于民族的情怀，以天下为己任，开天辟地艰苦奋斗；同时，这也是一种平凡当中的奉献，在每一个需要的地方为祖国建设添砖加瓦。中国梦，与每个人的梦想同在，中国梦的实现，与每个人自身价值的实现息息相关。

如今鸳湖棹歌声依旧，在每个奋斗的南湖人的青春热血里。体育中考，如愿长跑满分。我要感谢南湖多少个日夜的相伴，也要感谢没有放弃努力的自己。真正的红船，是一种情怀，是一种精神。

棹歌声杳杳，樵李子莘莘。

我因睡觉而精彩

睡觉，乃人生大事也。睡不好觉的人生便不够精彩。

一天24小时，我们至少有将近三分之一的时间是在睡觉中度过的。睡觉在整个人生中也就占据了三分之一，奉劝诸君万万不可视为儿戏。

鄙人便是极为贪睡、爱睡之人。睡觉的时间不是中午，而一定要是晚上；幼儿园、教室里我也是从不睡觉的，一定要睡在自己家里那张硬板床上。出门旅行到旅馆，再好的旅馆都是睡不好的。根据多年以来的睡觉经验，总结出以下一套睡觉的哲学：

睡前沏一杯热水或是温一杯牛奶，先钻进被窝里，拧开台灯调至最亮，随手拈起床头上的一本好书，细细咀嚼几页。这个时候切忌看一些科学哲学的书，这人一兴奋就睡不好了；也不宜看小说或是情节惊险的内容，睡眠质量也会大打折扣。适宜的是一些清新隽永的散漫文字，偶尔看些历史书倒也是有益于睡眠的。待杯中的饮品尽了换一杯清水放在床头，准备就寝。

躺入被窝里，夏天的毯子太薄冬天的棉被太厚，最舒服的是春秋一床松软的单被。空气微微凉最好，有节奏地调整呼吸，吸气慢一点儿吐气快一点儿，放松下来，告诉浑身的每一个细胞可以入睡了。至于睡相，我倒是不大考虑的，怎么睡比较好仍是众说纷纭，我喜欢靠右朝窗外，蜷在一起抓着被子睡。被子塞紧脖子，比较舒服也不容易着凉，然后悄然睡去。当然不出太久就熟睡是一种理想状态，可现实偏偏总是事与愿违，这时就开始闭目养神回忆这个白天所有的精彩：作业完成得很好被表扬了，班里某个同学开的玩笑，技能课上的新东西……想着想着，就入睡了。

白天的精彩会化作思绪万千潜入梦境，时而许许多多的思绪又穿插在一起，妙趣横生。班主任领着我们去打疫苗，打着打着就回到了乡下的小屋，城里的姑娘惊讶地望着满院的鸡鸭；和表哥追着追着就冲进了儿时的幼儿园，衣服挂着鞭炮在后面追；正走着楼梯上楼回家，却不知什么时候走进了电梯——我们家的楼房没有电梯……有时候会是书中的悠远意境，自己化身其中；当然有时候也会是一场惊心动魄的谍战片。从梦中醒来躺下，又继续做梦。

梦醒时分，天刚蒙蒙亮。睡到自然醒，骄傲于充足的睡眠，庆幸现在还早——新的一天刚刚开始。比别人早起一个小时，白天就多了一个小时的精彩留给晚上去回味。在床头的清水里混一些热水，温温地喝下。衣服在床边不费力地就能拿到，干净整洁，拖鞋也要朝里放好，一伸脚就能穿进——美好的一天从此开始，去经历新的精彩吧。

可是，诸位看官，以上这些都只是我的美好向往。现实生活中的状态往往是这样的：晚自修下课拖着疲惫的身躯回家，胡乱地瞟几眼看得厌烦的"名著"，不觉已是很晚，匆匆倒下睡觉，满脑子都是累、都是烦，化作各种不适冲进梦里。早上醒来，唇干舌燥，与闹钟博弈，挣扎着爬起来，拼命去找乱七八糟的衣物中的校服。浑浑噩噩，似醒非醒地去学校。

其实，我可以改变。很多时候不是做不到而是没有去做。睡好觉，也就过好了人生的三分之一。睡觉是一种生活态度，过好这三分之一，相信剩下的三分之二也不会太差。

话不多说，为了精彩的人生，好好睡一觉吧。

我看见

上帝赐予我们双眼，我们就要用它看这花花世界。看天，看地，看山，看水，看人生百态。每天，我们都会看见不一样的东西，然而，聪明的人却能看见别人看不见的东西……

初冬的一个晚上，我漫步于家附近的绿道上。寒风凛冽，刮着行人的脸，杨柳乱了线条，残荷耷拉着脑袋，一切都沉寂下来了。

此时，我心乱如麻，像一只迷途的羔羊。因为在最近的一次考试中，我的成绩相当不理想，而且这段时间的作业也做得很不好，我的心情糟透了。

我走到一个桥洞底下，很奇怪，桥上是喧哗的马路，桥下却是别有一片幽静的洞天。昏暗的灯光交错着，投下一抹光映在水波粼粼的湖面上。四周安静得只能听见我的脚步声在回响。

我的目光忽然被灯光下一只细小的蜘蛛和它的蛛网吸引住了。

　　只见小蜘蛛缓缓地拉出蛛丝，在蛛网上小心翼翼地爬着。蛛丝缓缓地一根搭在另一根上，一根，一根，旋转。又继续一根，一根，搭上，搭下。它细小如发丝的腿在灯光下挥舞着，每一根蛛丝都闪着金色的光芒。

　　我静静地欣赏着这一幕，如同看一个艺术家在创作伟大的艺术品。忽然，一阵风吹来，我不由得缩紧了身子。风过，我缓过神来，再看那只蜘蛛，它依然坚强地站在灯上，但它的蛛网却已经破了，残败地飘着。

　　我注意到，另一只蜘蛛也在结网，但它是在灯后的阴暗处织网，风对它的网一点儿也没有影响，完好无损。它好像同情地却又略带讥讽地看着那只可怜的蜘蛛。我心想：哎，这才是一只聪明的蜘蛛。

　　那只网被吹落的蜘蛛并没有放弃，而是坚强地爬起来，义无反顾地又在灯光下结网。它不愿躲到灯后去。它又一次开始织网，一根，一根，搭上，搭下。真傻！

　　可是，后来发生的事情让我始料未及：那只灯后的蜘蛛竟然输给了那只灯前的蜘蛛！当风平浪静后，各种小虫子向灯光扑去，径直扑在了蛛网上。那只蜘蛛悠闲地将丰盛的"猎物"捆绑起来，享用着大餐。而灯后的那只蜘蛛却一无所获，饥肠辘辘，可怜巴巴地看着灯前的蜘蛛品尝美味。我改变我刚才的想法了，原来灯前的这只蜘蛛才是真正的智者！

　　我豁然开朗；是的，学习、人生，又何尝不是这样呢？真正的智者，往往在经历挫折后，能继续勇往直前，坚持真理。所以，这样拥有智慧，不怕困难的人，最终能品尝胜利的果实。而那些贪图安逸，随波逐流，害怕困难的人，也终将碌碌无为、平平庸庸地过一生！

粼粼

粼粼，是水流清澈、闪亮的样子，是水与风的共鸣，是水与阳光的共舞。一条无名的河，不经意间与生命相遇，使整个生命充满了温暖明亮。

我不是你——陪伴我成长的那条河，你所养育的那一方人；你也不是我——一个在你身旁长大的孩子，我所依赖的那一方水土。

这里，曾经有一个小渔村——许家村。与你一起，坐落在如诗如画的南湖畔，却有着一份不被打扰的宁静。这里的人，才是曾经依赖你为生的人们。你养育了他们，流进了他们生命的长河。而我，却不是。

所以，我曾经一直认为，这一片粼粼属于他们。

可是我喜欢那一片粼粼的波光。那是一片一点儿也不耀眼的粼粼，一点儿也不热烈，一点儿也不喧哗。这碧波，是缓缓的、淡淡的，从这儿涌起，却又从那儿落下。没有大海那样凌厉的浪花，一直含蓄着、包容着，此起彼伏。细细地去用心看，大的水波中还有小小的水纹，是密密的、柔柔的。又好像是含羞的、可爱的，漾在水波里，漾开来。而远远地看，这儿的粼粼和那儿的粼粼，又是不一样的。或多或少，好像有一条分界的线，模模糊糊，不是特别清晰，却牵引出了好奇的心绪。粼粼漾到这儿，忽然——不不不，是自然地改变了方向，改变了疏密，浑然天成，找不出一点儿瑕疵，真的是饶有趣味。

扑面而来的水汽，带着一股特别的好闻的味道。粼粼的水，带着一股特别好看的颜色。其实，我一直觉得水的味道和水的颜色，不是教科书上写的那样，无色无味。水的味道，含着水的氤氲，水藻的清新，是浅浅的、淡淡的，可以让人忘掉一切烦恼与忧愁，全身心放松的。水的颜色，是一种好看的绿，好看到难以言表。是一种含蓄的，饱含生命力的绿色。或许是两岸杨柳的绿色，映出的绿色，是动态的。只要微风轻轻吹拂柳条，柳条动，水波也动，于是这绿色就流动起来了，所以粼粼，它是有生命力的，所以心也动了。在匆匆忙忙的上学路上，每一次，我都还是忍不住驻足观赏。

是啊，你没有灯光的点缀，你也没有琼楼玉宇的倒影。你是那种最淳朴、最自然的粼粼。水、阳光、风，正是这样。你与周围的气象塔高耸醒目、体育馆庞大繁华，好像格格不入。你是一方流动的桃源，不在世外，而在心中。淡泊、坦然，最重要的自然，就是潋潋，是你对待生命的最好态度。

是啊，你没有"九曲黄河"那"浪淘风簸自天涯"的浩瀚气势，也没有长江那"孤帆远影碧空尽"的深远意境。你是典型的江南的水，是平静的，只有那微不足道的潋潋；而江南的人，也是安宁的。一方水土，孕育一方人；一方人，依然以一方水土的性格，深情地热爱着一方水土。

江南的人，如同江南的水土。小到许家村——你所孕育的这一方人。打鱼，曾经是他们简单生活的全部内容。我经常看到他们坐在午后的阳光下织补渔网，他们是那样认真，那样细致，倾注了他们对于生活全部的热爱。那些鱼虾，是你所给予他们的最好的馈赠。他们欣然地接受，在这里，我相信，人与自然有着共存的默契。大到整个嘉兴，这里风调雨顺，人杰地灵。如这里的水一样，简单地拥有，最多的幸福。有人说小富即安，是不求上进。但是我觉得，这是对待生活、对待生命的最好态度。

尽管那么近。尽管每天都会路过。可是，却至少有五年，我没有再踏上与你相连的那一级级石阶。与小伙伴儿在这里嬉戏的回忆，似乎也被时光翻进了童年的旧书页里。就在这个时候，愕然，在中学与儿时的小伙伴儿相遇。我们都已经长大，我们都已经不再是孩子，但是，对那时候，对你的回忆都没有变。

是啊，有些东西，就比如你，比如那段时光，是不会变的啊。我萌生一种冲动，我要回到那个地方，去找回那段记忆。那是属于你我，属于童年的回忆。重新推开那扇铁门，还是那特别的水的味道，还是那几棵老柳树。记得小的时候，奶奶是不让我靠近河边的，大人总是这样。而我却特别地喜欢水，似乎对于我来说有一种特别的吸引力。或许是出于好奇，又或许是出于淘气，大概两者都有吧。我和小伙伴儿在这里抓过蝴蝶，还把它倒扣在羽毛球里，后来蝴蝶飞走了，追得面红耳赤；摘过树叶，采过一种很好吃的野浆果。

然而现实把我从回忆里拉了回来。它告诉我，有些东西，它是会变的。渔船大都已经废弃，只是还能看出有人生活过的痕迹。有几艘已经被人搬上了岸，倒扣着，爬满了苔痕。似乎已经很长很长时间没有人来过了。地上铺着一层厚厚的柳叶和枝条，蜘蛛网随处可见，用来防雨的塑料布也翻卷起来，泛黄了。用渔网精心围成的小池塘里，却已经没有了渔民养着的丰收成果。

船停了，人散了，一切好像都变了。可是，那一种感觉，就是水对我的那一种吸引力，那一种可以忘却一切烦恼的快乐，没有变，也不会变。如果回不去，那就把记忆留在开始的地方，留给将来去翻阅，也许还会会心一笑。

我发现，我一开始的说法似乎错了。我是依赖你的，尽管不是那些曾经依赖你生存的人们，但是，我却和他们一样，把你作为精神支柱。无论走得再远，也一直提醒我，为什么要出发。

　　你给予我的是粼粼般的回忆，不深不浅，却足以震撼。在记忆的某个地方，永远闪亮，明亮温暖。

　　粼粼的水光，还在不断流淌……

书法刷新着我的生活

　　花朵的开放刷新着绿地的生活；云朵的变幻刷新着天空的生活；鱼儿的身姿刷新着小河的生活。世间万物，生活都在不断地刷新着，冥冥之中，总有一些不可或缺的东西刷新着我的生活——书法。

　　五年前的那个夏天，一支毛笔，开始了我与书法的缘分，也刷新了我的生活。

　　书法刷新着我的生活，第一个接触到的是楷书。我第一次懵懵懂懂地拿起毛笔，好奇、兴奋、紧张。我专注地写下了第一个字——"一"。就是这样一个简单的"一"，我却怎么也写不好。我不甘心，继续写，继续画。最后实在是焦躁不安。我暗暗地抹眼泪，最后一怒之下甩下毛笔冲出了房间。但是，字帖上一个个端庄、秀气的字诱惑着我。我开始了长年累月的练习，最终不仅写好了"一"，也写好了更多的毛笔字。书法不但刷新了我的能力，也让那个当初焦躁不安的小女孩变得耐心、细致起来。书法刷新了我的毛躁。

后来，书法刷新着我的生活的是隶书和魏碑。它以它的大气、厚实、舒畅征服了我。那刻在石头上的字犹如一位位饱经风霜的老人。我幻想着我是一位石匠，手中的毛笔是一把尖锐的刻刀，以纸为石，刻画着英雄的故事。我仿佛看到了乱世之下英雄在沙场浴血奋战，后人为他们不屈的生命写下了血的赞歌。书法不但刷新着我的能力，也刷新了我的见识和气魄。书法刷新了我的幼稚。

花儿的美丽使绿地不平庸，云朵的变幻使天空不单调，鱼儿的身姿使小河不沉闷。书法不断刷新着我的生活，使我生长。它，丰富了我的生活。

斗转星移，这两年，我接触到了另外一种书法刷新着我的生活——行书。比起前两种，行书无疑是最具变化，富有创造性的。王羲之的洒脱、米芾的创想、苏轼的豪放、颜真卿的大气、赵孟頫的严谨……他们使一个女孩子的心灵充实起来，不再拘泥于眼前的一小块地方。从古至今的无数书法家以这么一个小小的方块字告诉我：要有以天下为己任的宽大胸怀。他们以自己的书法留下自己不朽的精神和思想。通过书法，我认识了那么多有文才的贤人。与他们为友，以书法为友，可以获得无穷的智慧。行书的酣畅淋漓，使我的身心得以放松，使我对生命又有了全新的理解。书法刷新着我的生活，刷新着我的创造力，刷新着我的价值观。书法伴我五年，刷新了我的生活，刷新了我的幼稚无知，我的马虎急躁，我的狭隘视野，使我获得了新的成长，新的生命领悟。它已是我灵魂不可或缺的一部分了。它使我的生活发生了翻来覆去的变化。

学习书法吧！它能带给你的不仅仅是能力的提升，更有生命的升华！

花儿依旧鲜艳，云朵依旧洁白，鱼儿依旧灵动，所以绿地美丽，天空美丽，小河美丽！每一次拿起毛笔，蘸饱墨汁，在宣纸上肆意书写时，我会觉得生活是如此美丽！书法，它是我生活中的航向，我一生热爱它！

那声音常在我心头

"咔嗒，咔嗒。"晚上偶尔睡不着的时候，就喜欢靠在枕头上，听床头柜上时钟走动的声音，看月光洒在被子上。

很小的时候，睡不着是因为做噩梦，就算周围一片漆黑，什么也看不见，也喜欢睁着眼睛——就算什么也看不见。那时候的日子很长很长，我也常常在想：人的一生有多少个"咔嗒"呢？很多很多吧。那时候的我可以用一整天的时间用积木创造童话故事，也可以凭一张白纸折个半天。邻家阿婆可以在太阳下眯一个下午，奶奶织件毛衣可以织上一整个冬天。听着"咔嗒"声，渐渐睡去。

很多个"咔嗒"一晃就过去了，"咔嗒"声越走越快。那时候有一篇名为《和时间赛跑》的课文，我也开始和"咔嗒"声赛跑。我开始喜欢上一种超人一等的感觉，别人做半个小时的阅读，我争取二十分钟搞定；别人一个暑假的作业，我计划一个月完成；别人一年所学的知识，我一定要在几个月内学完……这么一算，我能省下多少个"咔嗒"啊！我像是上紧了发条的机器，着迷于率先完成的骄傲。老师的赞许、同学的羡慕，带给我难以言表的快感。

可是我却觉得日子越过越短，"咔嗒咔嗒咔嗒"我相信我只要更快，就能更成功，每天狂热于完成得更快，完成得更多。我觉得所有人都在和我赛跑，我不敢停下。可是，我却频频失利，考试失败了，比赛输了，和同学也闹僵了……甚至，连书桌上的花儿也死掉了。像是机器的滚轴转得太快，终于"咔嗒"一声断掉了，零件散了一地。我的生活一团糟。

我又一次靠在枕头上看月光了，月光那样冷清，周围寂静无声。寂静？我突然想起了什么，猛地抓起时钟——"咔嗒"声呢？我拧开台灯，却只见它早已停在了某个时刻，一动不动。它是什么时候停的呢？我不知道。我是从什么时候开始为了完成任务敷衍了事？从什么时候开始急于完成自己的作业，对身边同学的求助不理不问或粗暴回应的呢？我也不知道。我连每天抬头看一眼花儿，浇点水都忘记了，我还能够做好什么事呢？

最近有一部纪录片很火，《我在故宫修文物》。很多人都很向往那"择一业，终一生"的匠人精神。可是又有多少人有这个耐心，耐得住寂寞，去做好这一件事呢？很多人向往余秋雨"一生只做一件事"，可是又有多少人有这个决心和魄力呢？也有很多人向往，木心的《从前慢》，"一生只够爱一个人"。可是又有多少人能够慢下来，专心地"只做一件事""只爱一个人"呢？

我们从小就被教育，就知道每个人拥有的"咔嗒"是有限的。但是，请记住，我们还有很多的"咔嗒"。现实生活中，多少人忙于奔命，一无所获。不断追求完成任务，追求速度的，那是机器做的事。"咔嗒"有它固定的节奏，生活有它固定的节拍，请享受每一节音符的美好。静下心来，就能听见自己身体中"咔嗒"的节奏。

我没有给时钟换上电池，因为那"咔嗒"声早已在我的心中。它提醒我，不要着急，去踏准生活的每一个节拍，才有曼妙的乐章。

"咔嗒！""咔嗒！"那是时钟走动的声音，那是月光落下的声音，那是成长花开的声音。

静待花开

我播种下一颗种子，静待花开。

我路过邻居家的花园，凤仙花正开得热闹，红艳艳的，连成一大片。有几株花谢了，成熟的种子一碰就会炸裂。我偷偷地摘下几颗，攥在手心里带回家，小心翼翼地播种在自己的花盆。凤仙花，我早已在小学的科学课上播种过，可惜早早地夭折了罢。那时，我真羡慕小朋友们那一盆盆红艳艳的凤仙花。我期待这一次，凤仙花会开得红艳艳的。

我收拾好播种完的花盆，捧起科学书。父母老师已经不止一次在耳边叮咛：中考科学的分值比例有多高，学好物理有多么重要，化学有多么重要，生物也很重要……都很重要。我何尝不知道呢，可是看到自己小学的科学成绩，我只能叹气。我下定决心，一定要学好这门功课。

日子一天天过去，科学迎来了计算题的入门：密度。望着书本上白纸黑字的公式，我一脸茫然：这个字母代表什么？如何用这两个量去求另一个量？公式是谁比上谁来着？又忘记了。那段日子里，我对此十分抓狂。为什么别人能那么轻松熟练地运用公式？为什么别人考出来的成绩那么光鲜？我低头望着自己满是红叉的卷子，那一大片红叉也红艳艳的，只能叹气。我抬头望见自己的花盆，冷漠的土壤里没有一线生机。邻居家的花园里绿意盎然，花苗争先恐后地向上生长，有的已经蹿得老高，准备开花了。

我又一次以为这次的凤仙花又不会开花了，我为它着急，父母也为我的科学着急。他们商议着去找个补课老师，去书店买几套卷子。老师也着急，拿着我的卷子，皱着眉问：怎么才这么点分？我也为此着急啊！我拿着自己的卷子开始订正。不就那么几个公式吗，为什么背不下来？一共就三个物理量，为什么搞不清楚？我谢绝了父母找补课老师的念头，买了一套卷子，盯着计算题做。我静下心来，励志要与计算题死磕到底。或许正是这种死皮赖脸的精神，做着做着，有一天，有一瞬，就豁然开朗了。

原来计算题也就那么一回事！不就是写出公式和单位的数学题吗！那些晦涩难懂的公式一下子熟悉了起来，运用得如鱼得水。期末考试顺利通过，之后的浮力、电学、大气压……也都轻松搞定。从密度打下的计算题的基础，让我在之后的几次重要考试中都没有为此失分。中考几十分的计算题，我也志在必得。我终于长舒一口气。我抬头望见自己花盆里的凤仙花发芽了，经过一个夏天的等待，长得很慢却又粗又壮。已然是秋天了，邻家花园的凤仙花多数已经凋零了，我的凤仙花却选择在此时开花。它长得比一般凤仙花更粗壮，枝蔓更多，一枝独秀却红艳艳地连成一片，美极了。路人不禁赞叹，秋天里好旺盛的一枝凤仙花！

我收集起花种，等来年再发芽，再开花。

每一朵花都有她绽放的时间，只要心存花开的美好愿望，学会静静地等待。在等待中往往积蓄着更强的力量。终于有一天，蓦然回首，花都开好了。

懂茶

琴，棋，书，画，花，鸟，茶。

柴，米，油，盐，酱，醋，茶。

一杯茶，雅俗共赏。无论是文人墨客的情趣，还是普通百姓的日常，少不了茶的身影。可是，谁懂茶呢？

闲来喜欢翻看丰子恺先生的画作，他的第一幅漫画《人散后，一钩新月天如水》开创了中国美术史的新篇章。晚年的先生又创作了另一件以此为题的作品，二者相比，茶桌换成了茶几，壶、盅被瓷茶具所替代，时序变化，只有月光茶香依旧。丰子恺先生是极爱茶的，画作中也不乏茶趣，《好鸟枝头亦朋友》，黄鹂闻见枝头仁，主人把盏话茶香；《小灶灯前自煮茶》，也是风雅之事；《茶店一角》，充满鸡毛蒜皮中的人情味道……一张桌，一壶茶，给画面带来了生活的气息。不偏不倚，刚刚好，想必先生是极懂的，懂得茶在美术中恰到好处的滋味。

作为先生的老乡，拜访先生的故居。故居不大，不收门票，不搞宣传。只有一位老人在门口笃悠悠地啜饮一杯香茗。冬日里，裹着厚棉袄，戴着大棉帽，拖着新棉鞋，卧在太阳里，青蓝色杯口的那种大瓷杯，热气上升、弥漫、消失在天蓝的晴空里，一派岁月悠然。我悄悄地进门，蹑手蹑脚不忍打扰。原来，不仅文人们懂茶，人间市井中也散布着懂茶的雅客。

可是我是不懂茶的，怕苦，不爱喝。也不懂爱喝茶的家乡人。在我的家乡，人们似乎是爱茶胜过酒的，尤其偏爱红茶。红茶茶味浓，茶汤的颜色深，被老外当作了"black tea"。茶叶无须挑好的，往往超市里几块钱一大包的那种，没有整片的，全是碎末，甚至连碎末都算不上，算是粉末罢。可是街坊邻里照样自得其乐地喝。过年待客必备的，其中有一样就是红茶。主人给大人都要沏上一杯，小孩倒是喝白开水的，偶尔也被允许喝些甜饮料。现在条件好了，上饭店里请客，茶壶里装的仍然是红茶。老人们每天都要那么浓浓地来上一杯，就充满了精气神。我曾经偷偷地从爷爷的大茶杯里尝一口——哇，好苦！

说起来中国人爱喝茶，外国人也爱喝茶。英语老师喝了一大口清茶："I like tea without anything."大概中国人是不屑于老外又加糖又加奶的喝法的，只有中国人，才懂茶的清苦之美。丝绸之路，茶马古道，穿梭在中国的历史长河中。茶叶，曾经给中国人带来了多少财富和文化。茶，由中国，走向了世界。

茶，我爸爸也爱喝。小时候奶奶很爱和我讲爸爸当年努力读书的样子，累了困了就喝杯茶解乏，就这样凭借自己的努力走出了农村。现在，我家冰箱里装满了各种各样的茶叶罐子。爸爸每天早上起来第一件事，就是烧开水，细细地寻觅出一罐茶叶来，细细地泡上一杯，细细地欣赏茶叶的形态。清明之前的新茶，冲了水以后会渐渐地立起来，缓缓地在茶杯里上升，优雅地舞蹈，不紧不慢地舞蹈。爸爸趁热喝下第一口，满满的满足感。他懂很多关于茶叶的知识，怎么泡茶，怎么品茶。他经常张罗着给我也泡一杯，都被我躲开了。

过年回家乡，一家人团聚在一方八仙桌前。吃过饭，爷爷转身要为我倒茶，我受宠若惊，连忙起身为自己倒了一杯白开水。"当你是大人家了"姑姑笑盈盈地附了一句，我也挤出一个笑容回应。家长里短，谈天说地，大家这一年都不容易。爷爷奶奶在一天天老去，身体渐渐吃不消了；爸爸妈妈身上有着家庭的责任，赡养上一代，抚养下一代；而我，面临着中考被选拔的学业压力……千言万语，喝杯茶，歇歇吧。我突然明白，茶的清苦，远远要轻于生活带来的苦难。也许，喝得了茶了，也就有勇气面对各种苦了；爱喝茶了，也就能真正学会享受生活了。当我是大人家了？

我一惊，是的，茶是用来招待大人的。而我，已经长大了。这里的大人不是单纯意义上的成年人，而是独立的、有主见的、有担当的人。而我，真的长大了吗？

从那天起，我开始学着喝茶了，还是怕苦，不敢泡太浓。我也偏爱红茶，淡淡地、暖暖地喝了一冬。

我还是不懂茶，但我懂茶趣，而且还懂茶情。

生活百味，茶懂。

纸缘

"轻描时光漫长低唱语焉不详。"丹青渲染出的情怀，与白宣纸说不清楚的缘分。

是的，我说不清楚，毕竟这是太美妙了。一张全开的白宣纸缓缓展开，空气里飘出草浆的清香。一面光滑些，一面粗糙些，指尖缓缓滑过，非常舒适，细小的颗粒有着丰富的触感，十指之间留下宣纸特别的味道。这是一种不骄不躁的白色，似乎透着草木的模样，亚光却不暗淡，干净却不简单，似有生命在流淌，你能感受到它的呼吸脉搏。

小心翼翼地裁开，正是你想要的大小。轻轻地铺平在毡毯上，用一方冰冰凉的镇纸压平，摩挲出美妙的旋律。挑一个阳光比较好的午后，择一处闹市之中的僻静之地。倘若点缀些茶点水果、鲜花鸟鸣之类的那自然再好不过了。享受墨水点染白宣的第一笔，水与墨的趣味以这一片有着生气的白色为底流淌开来。你可以尽情地享受文房四宝的诗情画意。

当然，认识到这般惬意，我付出了不小的代价。

六岁，第一次拿起毛笔，美其名曰作画。那是孩童的涂鸦，那是天性的释放。那个时候画画前，总要全副武装，袖套、围裙、报纸、抹布……也不止一次，把家里的白墙当作了白宣。每次画完，连手指甲缝里都是黑的。"唰唰唰……"那个时候总是父母和老师帮着裁纸，裁纸刀割破每一寸的纤维，留下富有节奏的悦耳声响。纸的边缘不是笔直得像打印纸一样一刀切开，而是毛茸茸的，溅起来白色的碎末。一张全开的纸裁作八张，每一张是方方正正的一小块。跟着老师学画花、画猫、画小朋友……六年下来，也涂鸦出不少喜欢的"作品"：笔触之间似有毕加索的风范的花猫，眼神直勾勾地一竖，身子软绵绵地瘫在地上；一粒粒地勾玉米粒，随心地点上几块颜色，竟然出人意料地领悟了枯湿浓淡的奥秘；最欢喜的是这一幅陶罐，插着狗尾巴草，老师见了，乘水墨未干时在底下添了浓浓的一笔，任由其渲染开来时收获了意想不到的惊喜……

得意的作品毕竟是少数，更多的是把童年大把大把的游戏时间填入这一方宣纸。记得有一回，同样的一幅图，每天画每天画，无非是背景上的一棵树一个鸟窝，一直画不好，不知失败了多少次终于有了满意的效果。那一方小小的宣纸渐渐长大，四开、半开、全开……最终，作画的宣纸越来越大，而我，也长大了。

当初是为了给水墨画一个漂亮的落款去学书法的，没料到又是八年。第一节课竟是画线，竖线和横线，标准是粗细均匀笔直不歪。毛边纸带着原木的颜色，纸的纤维很粗糙，毛笔刷过去有"沙沙"的声响，很好听。书法最初并没有画画那么有灵气，横竖撇捺字形结构，无非是模仿。在孩子眼中，毕竟把握不周全。写得不好，就更加没意思。书法老师教我们先把毛边纸印在字帖上，单线勾出框架，但是不要描笔画的粗细形状，先从学笔画学起。那个时候母亲就把字帖和毛边纸印在阳台的玻璃门上，透过光笔画就清晰了，然后再描。渐渐地全描成了半描，半描成了点位，到了最后就可以直接目测写了。夏天天热的时候要练，冬天天冷的时候要练，每周都要练。我一个从小坐不住的人，也被这一张毛边纸束缚在书桌前了。也许有点小聪明所以写得不算太差，不知不觉间也就是好几个春夏秋冬了。

书法作品当然不能写在毛边纸上，白宣纸也太过于单调，于是有了各色各样的粉铅纸：茶色打底，金色的水波荡漾开来；象牙白的高贵，舞动着银色的金龙；小家碧玉的米色，精巧地绣着梅兰竹菊……适合给毛笔字打底的颜色大致相差不多，但各张都略有不一样，配上不一样的花纹图案，更让人觉得它们各有性格、各有生命。我的家乡属平原，没有山，最高的不过一座公园里的瓶山，瓶山脚下是画院，画院门口开着一家画廊。画廊开了许多年了，毛笔颜料墨汁，装裱镜框卷轴，学画习字都是靠着这一家。每次去还有淘粉铅纸的习惯，时常有不一样的新花色，哪怕是同一款不是同一批生产的也有着细微的差别。只有使用者拿墨水沾染的那一刻，才能感受到。

粉铅纸略贵，裁剪也要格外小心。那个时候主要也是父母帮忙。有一回和父母在写字的事情上赌气，自己拿了家里切西瓜的水果刀裁剪，边缘歪歪扭扭的不说，还戳破了柔弱的纸面，一张好好的粉铅纸就"出师未捷身先死"了。我还怪那水果刀不好，有豁口。从此以后我们家裁宣纸都是小心翼翼地用最锋利的小刀，到了现在，我裁纸的时候父母也要在一旁留神地看着。

一幅作品，不是挥挥毛笔那么简单，从选材、准备字帖，到裁纸、打格子，以及后期的配色装裱都要花不小的心思。打格子画线，是母亲的绝活，惭愧的是我至今都没有学会。母亲有自己总结的一套经验之谈：红笔要用圆珠笔，但是国产的画长线条时容易走墨水，必须是老贵的进口红笔；尺子是一米多的"T"字形长尺，放平不能移动，稳稳地量出位置，屏息凝神画上漂亮干净利落的一条……"天地"和两侧留出适当的空白，边缘用双线——母亲的格子，十分漂亮，可以说打好了格子，一幅作品也就成功了一半了。

像对联和四字的横幅是不必打格子的，靠的是折。折也有讲究，父亲和我研究了很久。七言五言是单数，不好折，得靠眼力，估计出一个的大小，再对折，再均分成三份。这是一个需要经验的活儿，折得太深不行，折得太浅又不清楚，还要折出"田"字的参考线来……这些有意思的经历，买现成的对联纸就体会不到了。

　　有一天，我看见了一张特别的纸——晶晶亮的，不化水墨的——这是熟宣。初学者经常会将熟宣和生宣弄混，闹出不小的笑话。生宣用来画写意，熟宣用来画工笔。之前的儿童画是写意的画法，而从这天起我开始学工笔了。这是我羡慕和期待已久的。工笔需要极大的耐心和细心。把薄薄的一张生宣印在白描的线谱上，有时候还可以借助专门打灯光的桌台——这和我之前练字的时候描线有些异曲同工之妙吧。事实上，这个时候书法的功力帮了我大忙，细如发丝的线条，实则蕴含了无限的情感与力量。一点儿一点儿地渲染颜色，一层一层地丰富下去，最终栩栩如生、清新典雅。画得久了，手心手背上都沾上了晶晶亮的粉末。

　　回老家，在老房子的老柜子里，我惊奇地发现了一大沓白宣纸。宣纸有些泛黄，但保存得很好，还十分平整。这是二三十年前的老宣纸了，是母亲在读师范的时候用的。这真是宝贝啊。这两年的宣纸质量大不如前了，可当年的老宣纸还驻留了它的青春。寒来暑往，在这个时候，从父母的陪伴与付出里，从周围同学老师的认可与羡慕里，我似乎能够明白自己与宣纸打交道那么多年的意义。我得感谢这些如宣纸般单纯芬芳的时光，无声之中塑造了我的性格，融入了我的气质。

我们每个人的人生就像一批批宣纸，虽批量生产但独一无二。像粉铅纸一样有着各自的个性，有着各自的特色，但是本质上，我们都是一张崭新的白宣纸。无论是作画，还是写字，我们人生的作品需要我们自己创作。它不一定完美，但是它一定特别。《清白之年》的歌词里说："大风吹来了，我们随风飘荡，在风尘中遗忘的清白面庞。"当你完成那幅作品回望时，你一定会怀念那张白宣最初的模样；那么愿你适当留白，心中依旧有那清白面庞。

"唰唰唰……"如今我自己能够裁出漂亮的纸缘，每一寸纸的肌理纤维恰到好处地断开，毛茸茸的。我欣赏着自己的作品，享受着墨的香和草浆的清香。如今学业很忙，但是我也不愿意放下我的所爱，偶尔还是会拿起熟悉的毛笔，在一张宣纸上，流淌自己的喜怒哀乐，回想那些清白之年。

与纸之缘，一发入魂。

幸福不是一种错觉

幸福不是一种错觉。

年底的时候我们搬了家，爷爷奶奶外公外婆从桐乡赶来，摆上蜡烛、年糕、活鱼、猪头等，完成了仪式之后就算正式住下了。此后整个新年里，亲朋好友一茬接一茬地前来我家做客，好不热闹。

不过，好像到了我这个年纪的青少年，总是开始不愿意接待客人。酒桌上你敬我，我敬你，大声地聊天说话，滔滔不绝。社保局搬到哪里、房价涨了多少，这些真的不是我关心的话题。还有一群比我小十来岁的弟弟妹妹在家里"大闹天宫"，让人头疼。关上房门，外面的嘈杂让我根本无法安心学习，心中烦躁不已。

我眼睁睁地看着父母安排好了每一天请客的流程，叫苦不迭。正好有同学邀约横店二日游，我像是抓住了救命稻草一般欣然答应。……过年景区人多，可我没料到会有那么多！大巴在高速上挪了半天终于到了目的地，就开始人碰人、人挤人、人撞人……吃住的条件不敢恭维，不停地走景区折腾到大半夜，加上没完没了的各路推销，叫人身心俱疲。

"我要回家！"同学瘫倒在最后一个景区的石凳上。我也想回家了。这两天，看遍了各式各样的人，以各式各样的生活状态存在着：冬天里不得不穿短裙在寒风里露天表演的舞蹈演员；巧舌如簧日复一日重复着单调工作的推销员；年三十奔波在异国，只有靠化妆掩盖憔悴脸色的导游……原来，生活不易，而家里是多么温暖，父母已然用心为我挡风遮雨，我很幸福。

回到家，新年里继续走亲访友，你来我家做客，我去你家做客。在家中待客是最高的礼遇，主人要打扫屋子，亲自准备饭菜。见我要写作业，还特意将我带到楼上安静的房间。我能够感受到，宴请不只是一种形式，还有着更深刻的意义。父母过年的时候身体不好，还坚持把别人请到家里来，也尽力赴别人家的约。难道这只是虚伪地应付人情吗？

我错了，在真心面前，人情从来都不是逢场作戏的世故。传统，流传至今自有它存在的合理性。纵使它的外表会发生一些变化，但本质的东西是不会变的。与家人陪伴，永远不会是浪费时间，而是最值得珍视的幸福。人，从来都不能只为自己而活。我们的存在不仅仅是被爱，还要勇敢地去爱。

　　因为你感觉到的幸福，从来都不是一种错觉。

我不是鸟

"我飞如鸟，到视线之外，聆听之外；

我坠如鱼，张着嘴，无声无息。"

音乐毕，视频终，鞠躬，下台，观众席里零零落落地响起掌声，我长舒了一口气。

这是杨炼的一首《飞天》，我第一次接触到它，是在去年的夏天。我面对着办公室里所有的语文老师，第一次小心翼翼地放声朗读。我的手心里沁着冰凉的水珠，脚底仿佛踩在云朵上，悬在半空般轻飘飘的。也许是我的音色与这首诗奇妙的缘分，我获得了代表学校参加市级朗诵比赛的机会。

期末考试刚结束，我和老师就开始了紧张的准备：理解全诗、划分停顿、情感表达。为了控制节目时间，从整体上进行删改；为了提升节目质量，从每个细节出发，一句一句地扣。两个人，整整三天。在语文办公室旁的小教室里，在空无一人的学校礼堂里，只有我在表演，只有老师在聆听。父母为我请了专业的朗诵老师，指导发音的细节、气息的调整。从配乐音频到服装化妆，从姿态神情到动作站台，一个完整的节目，似乎一切都做了最充足的准备。

可当真正地站上舞台，我才发现自己的身影是那么单薄：女孩年纪虽小，声音却底气十足，天赋可见一斑；少年朗诵专业的嗓音，配上颇有趣味的古文；还有个人节目十来个人伴舞演绎《少年中国说》……对手的表现让我叹服。我想，是我的天赋不够，是我的专业素养不够，是我的比赛经验不足。我不是鸟，只能羡慕别人飞翔的身影。最终，我拿了个二等奖。

"没有方向，也似乎有一切方向。"一年后，我却接到了去年评委老师的电话，她希望我今年再次参赛。可是面对升入高中的学业压力，我犹豫了。早读时翻开课本，突然读到《逍遥游》里这么一段："北冥有鱼，其名为鲲。鲲之大，不知其几千里也。化而为鸟，其名为鹏。鹏之背，不知其几千里也。怒而飞，其翼若垂天之云。"我小小的一方心田展现出一片宽广的天空，有那么一份蠢蠢欲动在萌芽，我是多么向往那九万里长空啊。

今年的比赛增加了知识问答环节，节目要求控制在三分钟以内。我重新编排内容，重新练习技巧和气息。在老师和父母的帮助下，反复斟酌了好几个晚上，最后狠心割舍掉一部分内容，学着改掉舌尖音，抽出所有业余时间练习古诗背诵填空。一个周六的上午，月考刚结束，就匆匆去科技馆参加比赛。最终，我竟然拿到了嘉兴市第一名！捧着手中冰凉的水晶杯，拿着省赛的通行证，我告诉采访的记者姐姐：或许我从来不是最有天赋的那一个，也没有接受过系统的专业训练，但是通过努力，很高兴能有今天的表现。模模糊糊地，我看到一只随风而起的大鹏的影子，在九万里长空展翅翱翔。

秋假，五个小时的奔波，来到千岛湖。我终于站在了这个我去年遥望的舞台。当音乐响起的那一刻，我的内心却异常平静：这三分钟，我想用自己的声音，讲述那个冰凉的莫高窟里有温度的诗意故事。大概是太恋恋不舍这个舞台了，大概是太投入于我的诗篇了，我竟然超时了40秒。可是走下台，我的内心无比满足。之后的知识问答，我也拿到了还不错的成绩。

"渴望朝四周激越，又退回这无情的宁静。""因超时扣去0.4分。"最终，我以0.17分之差与一等奖失之交臂，父母都有些惋惜，我却欣然接受了这个结果。等待领奖的时候，我站在千岛湖的湖光山色之间，畅快地享受着古城的宁静清新。而本次比赛的微信群里还在热烈地讨论着比赛情况。我关上了手机，猛地呼吸了一口新鲜空气，眼前风光正好。

"怒而飞，其翼若垂天之云。"我相信自己已经无悔地飞翔。我不是鸟，我也不是鱼。千年以下，千年以上，或许这40秒会改变今天比赛的成绩，可放在这千年之间，又算得了什么呢？我想对去年那个失望的女孩子说："你一直都很优秀，你也已经足够幸运。"

我不是鸟，我飞如鸟。

抬眼望窗

我喜欢市图书馆二楼靠窗的那一排位置。

窗是落地窗，整个墙体都是明亮的一大块玻璃，那么通透，窗外的景色一览无余。近处有几棵树，远处有一个湖，路上车和人来来往往。天晴的时候，阳光斜斜地打进来，你若觉得晃眼，可以拉上窗帘；下雨的时候，雨点打在玻璃上，淅淅沥沥的很好听。一天之中，选任何一个时间来到这里都很适宜。这些声响不会打扰你的学习和工作，只觉得内心宁静舒畅。累了还可以抬眼望望绿色，欣赏天空的心情和变化。

我家离图书馆很近，小时候却不常去，偶尔去也是蹭空调的，很惭愧，借书证办了十多年都没用过。直到上了中学，才渐渐去得多了，是去写作业的。图书馆当真是个刷题的好地方，冬天夏天有空调，环境优美又安静。

在二楼靠窗的位置上，你可以遇见各种各样的人，都是很有趣的：

图书馆里常有穿着精致、化着淡妆的女大学生来自习，她们优雅地塞个耳机，翻动着书页，啜饮着奶茶和咖啡，一派岁月静好，文艺浪漫。可是当一个三十多岁的妇女，拎着一大袋水果和一壶枸杞红枣茶，风风火火地坐下，你会发现她竟然拿出了一本英语书，兴致勃勃地学起来。拿着电话，兴奋地和另一头的伙伴分享自己的学习进度和考试日程——看起来，他们是有"组织"的。

也有很多带着孩子的父母，有几个顽劣的小孩子总是被父母呵斥不能发出太大的声响。但是也并不是所有人都是友善的，在认真看报的老爷爷、专心工作的青年白领、奋笔疾书的各种学生之间，也有来图书馆蹭网蹭空调的游戏少年。他们穿着时髦，打扮新潮，手机耳机都是最新款。他们埋头在那一方小小的手机屏幕里，到了饭点叫个外卖，中午眯一会儿，下午继续。若是单个的少年那还好些，他最多自言自语一会儿。若是几个少年一块儿，那简直是灾难，他们热血沸腾地交流着，直到保安叫他们轻一点儿——也不好赶走他们。

其实我也是这众生相中的一相，我是一个普普通通的中学生，正值少年。我喜欢二楼靠窗的这一排位置，来得多了，也渐渐对这一排位置产生了感情，成了一种习惯。很快地，我也要中考了，似乎没有那么多时间抬眼望望窗外，抬眼望望周围的人。和同学一块儿，只是各做各的题，偶尔抬头偷偷地瞥一眼对方，少年认真的模样是最可爱的，阳光打在青春的面庞上，第一次站在人生的重要转折点，要用自己的努力去争取心愿的实现。在这样的氛围里，只觉得全世界都充满了阳光。凛冬的图书馆，一点儿也不冷。

记得中考前最后的三天假期，和我的同学少年们坐在二楼靠窗的这一排位置上。我们停下手中的笔，一起欣赏着远处天边的晚霞和日落。这时的太阳不怎么晃眼，我们其实已经不需要太多复习了。就在一起随意地闲聊，聊天的内容我已经忘了，大概是学校里的琐事和少年的烦恼，只记得约定好要去那所我们心仪的学校，书生意气，挥斥方遒。我也相信，我们都能如愿。

后来，成长路上，总是喜忧参半，我们当中有一些成功了，更多的却没有。高中生活忙碌而充实，临近期末，我一个人背着包到图书馆自习。今年冬天特别冷，图书馆里的人不多，我还是习惯性地坐在二楼靠窗的位置。很难得的，十几年未落雪的江南小城竟然飘起了雪花，越下越大。熟悉的景色染上白雪，别有一番风情。我听见敲窗玻璃的声音，抬头遇见了熟悉的脸庞——这样下雪的天气，是最适合偶遇老朋友的吧。看起来更加成熟的脸庞上，不约而同地扬起了笑容。原来，抬头时，我们都没有离开。

我们都是普通人，从少年时走来，终将走出自己不一样的人生。窗里的人，我们都向往着窗外的世界，并为此努力着。当你迷茫时，请抬眼望望窗外吧，那里有不一样的风景；当你孤独时，请记得那些熟悉的脸庞，其实你从来都不是一个人。也许不是每一个人都能成功，但是不要忘记听从自己内心追求的声音，只要走的方向正确，只要为此付出过心血，都不算白走一遭。那么结果有时候就不那么重要了。

　　抬眼望窗，低头耕耘；念念不忘，必有回响。

畅所欲言

CHANG SUO YU YAN